湖北省公益学术著作

Hubei Special Funds 出版专项资金
for Academic and Public-interest
Publications

白 马 湖 优 秀 出 版 物 出 版 资 助

昌耀
诗艺研究

肖学周 著

长江出版传媒

长江文艺出版社

目录

第一章 昌耀的诗歌创作及其成就

第一节 诗人昌耀的诞生

昌耀（1936—2000）何时成了诗人？这是个值得探讨的问题。昌耀本名王昌耀，1936年6月27日生于湖南省常德城关大西门内育婴街17号，他的老家是桃源县三阳镇王家坪村。1941年，昌耀进入王家宗祠读初小。他曾在晚年的自叙《我是风雨雷电合乎逻辑的选择》里深情地谈到这所就读了四年多的学校："所谓学校，不过是王氏家族的一所宗祠，离我家有五里之遥。祠宇修得古色古香，檐下墙头是一溜彩绘《精忠报国图》，绘着岳飞的诞生、遇洪水得救、岳母刺字、大战金兀术、十二道金牌等有关情节。这所王氏宗祠学堂后来初具规模，就以尚忠小学命名。……只有一位左腿残疾靠拄拐行走的卢先生任教，占一间教室，三个方桌，四五个学生，卢先生教他们《四书》。我这一拨，似乎仅我一人而已。那年我约五岁，卢先生用他批阅古文的朱笔将我所要学的自编白话课文写在纸上，而后由我试着用墨笔顺着他留下的笔迹勾填，是谓'填红帽儿'。我就这样发蒙了。大约在第二年，学堂有了初小班，安装了黑板、课桌，非王家子弟均可入学。仍由卢先生任教。于是，我得以和年长我数岁的同宅佃农的女儿——曹娥儿一起步行去学校读书了，并受她保护。在成为我的同学之前，她又何尝不是我的老师！写到这里，我不能不记下她——或者还有母亲、二姑教给我的某些儿歌，让我在感伤中纪念着她们。"① 在这段追忆的文字中，昌耀将卢老师和曹娥儿都称为老师，将学校教育与儿歌教育相提并论，这确实符合他的教育结构。

昌耀说，"我约十岁时就去常德读高小了""我于1948年从常德市隽新小学毕业，其时湖南临近'和平解放'，校舍暂作军营，无处升学。这样挨到了1949年秋，我考入桃源县立中学。不久，湘西军政干校招生，我被录取，常德市里一处教会院落成为临时校部，学员住在附近民房。我因自小怕鬼不敢起夜而常常尿床，学校当局让舅父领我回桃源仍去中学读书。1950年4月，38军114师政治部在当地吸收青年学生入伍，我又瞒着父亲去报考，被录取，遂成为该师文工队的一员……"② 从这段话来看，昌耀刚上初中就去当兵了。

---

① 昌耀：《我是风雨雷电合乎逻辑的选择——昌耀自叙》，见《昌耀诗文总集》，作家出版社2010年，第689页。

② 昌耀：《〈昌耀的诗〉后记》，见《昌耀诗文总集》，作家出版社2010年，第678页。

"我于1951年春赴朝鲜作战，其间曾两次回国参加文化培训。我最后一次离开朝鲜是在1953年'停战协定'签字前的十余日，只为我在元山附近身负重伤。从此我永远离开了部队。1955年6月已在河北省荣军中学完成两年高中学业的我报名参加大西北开发。"① 荣军学校是"荣誉军人学校"的简称，也叫"革命残废军人学校"，1947年创办于各解放区，1952年被列为正规学校，到1956年，全国共有荣军学校66所，后因学员逐年减少，于1958年底停办。河北省荣誉军人学校创建于1951年，主要接受战争年代和朝鲜战场归来的伤残军人，1958年8月改为河北省荣复军人精神病疗养院，1993年5月，改为河北省荣军医院。

1955年6月，昌耀奔赴青海，当时他有个初恋对象，在他去青海后分手。昌耀在《自我访谈录》中谈到了她："那年我以一个伤残的文艺兵到了保定，进入河北省荣军总校，成为学校最年轻的学员。这是我第三次得到上中学的机会。我接触了河北文学界。结识了保定师范文学小组的莘莘学子，以至其中一位被我唤作小露的少女日后在我西来与我决绝的信里有便宣称自己有了'留苏预备生'做新朋友②，带给我的刺痛多年才脱净。"③ 由此可见，失去小露他是很痛苦的。也就是说，如果昌

① 昌耀：《〈昌耀的诗〉后记》，见《昌耀诗文总集》，作家出版社2010年，第679页。

② 这句意思复杂，写得很绕，出现了两个"有"，可以说和昌耀的低学历有关。

③ 昌耀：《自我访谈录》，见《昌耀诗文总集》，作家出版社2010年，第853页。

耀不去青海，小露可能成为他的妻子。换句话说，昌耀选择青海其实是以放弃女友为代价的，同时他也放弃了上大学的机会："此后我又一次决然弃学（原可报考人民大学），而以生活为大学，以社会为课堂，于 1955 年 6 月响应'开发大西北'号召，来到了青海，时年十九岁。"① 这段文字出自《一份"业务自传"》（1995 年），此时的昌耀响应党的号召，基于祖国的需要决定自己的去向，我认为是比较符合实际的。相对来说，昌耀在另一篇文章《艰难之思》（1987 年）中讲他是受了宣传画的吸引而奔赴大西北的，如果这种情况属实，那也只能是次要因素，是个人的审美理想迎合祖国现实需要的结果："我至今仍清晰地记得我从保定城里选购来贴在我荣校宿舍床头墙壁的一张宣传画，画面是一位背负行囊侧身向我的女勘探队员。背景是青藏高原的崇山峻岭。画面底边一行通栏美术字：将青春献给祖国！画中人成了我崇拜的美神，成了我心中的诗神。雪山太阳将她晒得略带黧黑的红彤彤的脸蛋儿，那样的肤色，那样的绗有条形隆起的野外作业紧身棉上装都是理想中的'平民样式'，我觉得很美，很有魅力。以为自己只当属于拥有这一样式的那个群体……随后我果真置身于雪山大漠二十余年不改初衷。"②

　　总体来看，昌耀的学历不高，先后上了三次中学，最终选

　　① 昌耀：《一份"业务自传"》，见《昌耀诗文总集》，作家出版社 2010 年，第 856 页。

　　② 昌耀：《艰难之思》，见《昌耀诗文总集》，作家出版社 2010，第 375-376 页。

择了"以生活为大学",显然属于自学成才的诗人。所以,成为作家之初他谈到自己所受的教育主要是家教:"……我也无意向读者饶舌而称此成功如何在于幼年的我有农家少女曹娥儿教唱'月亮走我也走,我跟月亮提笆篓'……或称母亲梳妆台上的一册木版《梁祝》唱词如何成了我最早接触到的课外读物。我也无意罗列40年代父亲书架上得以翻阅的《阿Q正传》《浮士德》《夜店》《双城记》……乃至《重庆客》《豆腐西施》。"①后来他明确强调父亲的影响,阅读父亲的藏书促成了他的作家情结:"从事文学创作在我可能是一种自然的选择。我父亲喜欢读文史、政论、时评。我还见他整理过一本他自己的手抄本旧体诗词集。他是延安抗大学员,曾在山西抗日决死队任指导员。回湖南乡居后曾从上海、香港等地邮订不少新书报,如郭沫若《苏联纪行》,鲁迅《朝花夕拾》、《阿Q正传》,高尔基《夜店》,歌德《浮士德》,袁水拍《马凡陀的山歌》,以及《文萃》《西风》《生活周刊》《世界知识》一类报刊。我时或捧来自以为是地读一读。其中一本《米老鼠办报馆》的配文漫画,现在想来或竟是由此发端而隐隐埋下了我的作家情结。因为编辑或写作总是一种既可感觉心灵创造的喜悦,又可为人称羡之事。"②

谈到昌耀接受的教育,有必要从整体上讨论一下现代诗人与教育的关系。大体而言,新诗运动与现代教育的开展是同步

---

① 昌耀:《艰难之思》,见《昌耀诗文总集》,作家出版社2010,第373页。

② 昌耀:《一份"业务自传"》,见《昌耀诗文总集》,作家出版社2010年,第855页。

的。从制度层面，1903 年制定、1904 年 1 月公布的《奏定学堂章程》是中国现代教育的开端。从学校层面，1905 年科举制度被废除，开始推广学堂；创办于 1898 年的京师大学堂是中国现代第一所国立大学。1912 年 5 月 4 日，京师大学堂改名为北京大学。北京大学不仅是现代教育的发源地，也是新诗运动的发源地。1915 年，陈独秀在上海创办《青年杂志》，1916 年改名为《新青年》，同年他担任北京大学教授。1917 年 2 月，《新青年》2 卷 6 号发表胡适的白话诗八首，标志着新诗运动的开始。同年夏，胡适被聘为北京大学教授。胡适写新诗的时间可追溯到 1915 年留学美国哥伦比亚大学时，他的《两只蝴蝶》（写于1916 年）被认为是第一首新诗。

现代教育无疑为新诗运动的发生发展提供了坚实的基础。从新诗早期的代表诗人胡适、郭沫若、徐志摩、闻一多来看，他们都接受过系统的现代教育，而且都有留学国外的经历。尽管他们的诗歌风格与艺术追求并不相同，但现代教育无不使他们获得了开阔的文化视野与高远的审美眼光。完全可以说，正是所受的现代教育促成了他们诗歌的现代性。反过来说，如果他们不曾接受现代教育，新诗运动或许难以发生。就此而言，新诗运动是以现代教育为前提的，新诗运动直接受惠于现代教育，甚至可以说它就是现代教育的产物。事实上，像昌耀这样只接受过短期现代教育的现代诗人属于少数，大多现代诗人都有留学经历或在国内接受过高等教育，像北京大学的"汉园三诗人""清华四子"等。从当代诗人的情况来看，自学成才的诗人似乎日渐稀少，当代诗人往往受过高等教育，而且具有博士学位的诗人越来越多。这正是现代教育对新诗运动的促进之处。因为传统教育其实是贵族教育，而现代教育则是平民教育，它充分扩大了受教育的人数，相应地也就扩大了新诗创作者的队伍。现代教育更是一种民主教育，师生之间趋向于平等，而非过去的专断支配。这种新型的师生关系为师生之间的交流提供了广阔空间。正因为新诗运动与现代教育具有这样密切的关系，师生诗人现象的产生便成为一种必然，甚至可以代代相传，即一位身为诗人的教师教出的诗人学生又教出了新的诗人学生。像俞平伯是胡适的学生，张中行是俞平伯的学生。卞之琳是徐志摩的学生，江弱水是卞之琳的学生。如此等等。检视百年新诗，著名的师生诗人不一而足：臧克家与陈梦家是闻一多的学生，郑敏是冯至的学生。可以说，新诗教育在师生诗人身上得到了最好的体现。

这就需要从新诗教育说到诗人"培养"的问题。我之所以在"培养"这个词上加了引号，是想强调"培养"的特殊性。关于创作能力，向来有天才与训练的不同看法，天才派似乎很占上风，因此一般认为诗人是自成的，而非培养的。北大教授杨晦就说过"中文系不培养作家"。事实上也不尽如此。因为文艺创作有技术性的一面，只要存在着技术性因素，引导与训练就会有成效。具体到师生诗人来说，大体有两种情形：一种是发生学意义上的"培养"，即学生确实是受了教师影响才对诗歌产生兴趣并走上诗歌创作道路的，"培养"对这类师生诗人显然是确切的；还有一种情况是学生本来爱好诗歌，甚至也写过诗歌，但真正入门或得到提升是在遇到某个身为诗人的教师之后。

"培养"对这类师生诗人来说其实是"强化"。无论是发生型还是强化型，教师对学生的影响都是巨大的。在我看来，教师对学生的影响首先是技艺上的，但是师生往往不属于一代人，随着文学思潮的不断更新，一代有一代的文学，所以作为学生的诗人并非教师诗艺的单纯继承者，也是更新者或融合者。也就是说，除了教师的技艺之外，学生还会吸收其他诗人的优势，这样他才能成就自己。正如沃尔科特所说："……只要将所读的诗全部吸收，自然就会写出独具风格的作品。"[1] 例如，卞之琳与徐志摩的诗风差别很大，创新的部分显然超过了继承的因素。其次，教师对学生的影响是人格方面的，这一点更根本：学生起初不仅模仿教师的诗进行创作，也渴望成为像教师那样的人。像闻一多的两个学生陈梦家和臧克家，陈梦家无疑更像闻一多，无论是从诗歌到治学的转向还是最终的结局都是如此。

　　总体而言，诗歌创作是极其复杂的劳动，诗人的形成既有自成的一面，也有他成（即"培养"）的一面。可以说每个诗人都是学校教育与自我教育相结合的结果。所谓自我教育主要体现在阅读诗歌经典、诗歌教材以及诗歌理论方面；而教师的培养则是学校教育的重要途径。和其他现代诗人以及同代诗人相比，昌耀过早地接受了社会教育，这为他以后的创作提供了题材的优势，但由于所受的学校教育并不完善，使他不免陷入了表达的困难和偏执。我并不认为现代教育对现代诗有百利而无一

---

① 　德里克·沃尔科特：《黄昏的诉说》，刘志刚、马绍博译，广西人民出版社 2019 年，第 63 页。

害，也不认为接受现代教育是成为诗人的必要条件，但不能不承认现代教育是促进现代诗歌发展的重要驱动力。许多重要的现代诗人都受过较好的现代教育，如闻一多、艾青、穆旦等。

就昌耀的同代诗人来说，昌耀的学历之低也是突出的。从新诗史来看，20世纪30年代出生的知名诗人较少。首先看赴台的那批诗人，与昌耀接近的是商禽（1930—2010）：学历不高，出身军旅，写了不少不分行的作品。其他诗人尽管因战乱影响后来都继续完成了学业，痖弦（1932—　　）毕业于国民党政工干校影剧系，郑愁予（1933—　　）毕业于台湾中兴大学，叶维廉（1937—　　）毕业于台大外文系，张香华（1939—　　）毕业于台湾师大中文系。从大陆诗人来说，昌耀的诗友未央（1930—2021）17岁考入省立四师，邵燕祥（1933—2020）大学肄业，刘湛秋（1935—　　）毕业于哈尔滨外语专科学校。同代的其他诗人如孙静轩（1930—2003）毕业于中央文学讲习所，流沙河（1931—2019）1949年考入四川大学农化系，半年后离校，林子（1935—　　）毕业于云南大学中文系，任洪渊（1937—2020）毕业于北京师范大学中文系，只有刘章（1939—2020）和昌耀比较接近，是高中肄业。这里特别提一下郑玲（1931—2013），她18岁就参加了革命，学历也不高，其诗颇有风骨，堪称女诗人中的昌耀。她是四川人，却长期生活工作在湖南，而昌耀是湖南人，却长期生活工作于青海。

通过这个简单的梳理，可以看出昌耀的学历在同代诗人中偏低，以如此低的学历成为极其重要的诗人，昌耀几乎是百年新诗史上的奇迹。所以，对昌耀来说，始终存在着一个补课的问题，终其一生，他不得不坚持自我教育。由于昌耀接受的只是基础教育，这对他的创作产生了极大的影响。如果说大多现代诗人接受的教育涉及古今中外四个维度的话，影响昌耀写作的教育背景直接体现为"外"的缺失，这里的"外"并非指外国文学，而是指外语文学。一个只能阅读翻译成汉语的外国诗歌和直接阅读外国诗歌的诗人对外国文学的吸收和转化显然在不同的层面上，前者只见其流，后者却能俯瞰源流，甚至将诗人与翻译家融为一体，如同为湖南诗人的张枣。所以，外语诗歌阅读的缺失使昌耀丧失了融合外语创作诗歌的可能，这就注定了他只能从口语与古语两方面熔铸他的诗歌语言，而这正是导致他诗歌语言古奥与滞涩的原因。古奥显示了他诗歌语言资源的狭隘与态度的偏执，滞涩则部分地显示了他表达的艰难。昌耀曾自述其写作状态："编辑朋友让我就'作家是怎样走上创作道路的'为题写一篇文章……我岂好推辞？于是几个日夜埋首一沓稿纸，写了撕，撕了写……我默想着，当我行文至此，脑子一闪念跳出一组意象：白云苍狗……我的笔开始了艰难的移动。"[1] 无论是艰难之思，还是笔的艰难移动，这些都体现了昌耀写作的一般情形。由此来看，滞涩并非值得称道的优点，而是他的局限性所在。一个合理的推测是，如果昌耀懂外语，他或许就不会那么过分地采用古语。此外，低学历对昌耀造成的另一个影响是理性思维与评论能力的匮乏，正如他在《诗的

---

[1] 昌耀：《艰难之思》，见《昌耀诗文总集》，作家出版社 2010 年，第 372 页。

礼赞》中所说的："很抱歉我不具备文论家们准确杜撰或差遣专门词汇、术语的能力。"① 所以，昌耀有一些创作谈、访谈以及诗学观之类的文章，但没有学术论文。我并不认为学术论文一定高于随笔，只是表明昌耀写文章像写诗一样时常跳跃。就此而言，昌耀是一个纯粹创作型的诗人，他的成就主要是创作，另有少量评论，翻译则是空白。

幸运的是，昌耀结识了中国人民解放军第38军114师政治部宣传队的诗人未央。未央是湖南省常德市临澧县人，在抗美援朝时写出其代表作《祖国，我回来了》。据昌耀在《艰难之思》中自述："值得一提的是在这里结识了我湖南同乡战友、二胡演奏员、诗人未央兄。在朝鲜期间我曾多次借用他的那支咖啡色关勒铭金笔用来涂鸦，他总是为我百拿不倦。那年在桃源乡下剿匪我就已得悉他是一位诗人。那次，他从驻地墙上糊着的一张旧报纸发现了自己刊登的一首小诗，因之谈起他在'省立四师'读书时就已是某小报专栏作家。他有一本用云南建水药房仿单装订的诗稿手抄簿，平日撂在床头任人翻阅而毫不介意。日后我于诗作及诗人不存任何神秘观念而敢于在此领域一试身手或许与未央兄为人的朴实、为诗的朴实留给我的印象不无关系。"② 尽管未央与昌耀并非师生关系，事实上却产生了相

① 昌耀：《诗的礼赞》，见《昌耀诗文总集》，作家出版社2010年，第367页。

② 昌耀：《艰难之思》，见《昌耀诗文总集》，作家出版社2010年，第375页。"自己刊登的一首小诗"，此句表达不准确，可看出昌耀低学历的痕迹。

似的效果，多次借用的"那支咖啡色关勒铭金笔"和随时可以翻阅的"诗稿手抄簿"就是证明。笔是写作的工具，昌耀本人自然也是有的，之所以借用，不仅因为那是一支"金笔"，更因为未央用它写出了成名作。而"诗稿手抄簿"是作家的最新创作，可以让昌耀汲取写作的养分，并激励他在诗歌领域一试身手。战友兼同乡是一位知名作家，这对昌耀无疑是一种巨大的感召、一个渴望企及的榜样。可以说，未央是昌耀的写作发生的关键人物。后来，昌耀超越了未央的诗歌成就，但并不能因此忽视未央对昌耀曾经产生的影响。

1953 年，昌耀在《文化学习》上发表了第一篇作品《人桥》，该作署名是"志愿军战士王昌耀"，凸显了其军旅作者的身份。但《人桥》并非诗歌，而是散文，这个开头意味深长。据我的观察，从诗歌转向散文的作者很多，但从写作散文转向诗歌的似乎较少，而后来以诗人著称的昌耀最初的功夫却用在散文上。据昌耀在《艰难之思》中自述："我的文学练笔起先仅止于小说，写过几篇战斗故事，动辄洋洋洒洒数千言而仍舍不得煞尾。其中一篇《决斗》（取材我师赵连山英雄连坚守3.1416 高地事迹）曾由当时的《东北战士》编辑部通知，拟收入该刊《文艺小丛书》，后来我因伤残转入河北省荣军学校读书而未得确信。"[①] 由此可见，《人桥》也属于昌耀所说的故事。昌耀之所以写这种体裁，应该是出于宣传英雄战斗事迹的需要。

---

① 昌耀：《艰难之思》，见《昌耀诗文总集》，作家出版社 2010 年，第 375 页。

昌耀最后为自己的作品定名为《昌耀诗文总集》，显然包括诗与文两部分："我想说，我其所以称此书为'总集'，除了满足编辑朋友的良好愿望而外，却也有着我自己的解释：所谓'总'并不一定指其'全'。即便如此，我选入集子中的一些作品已是滥竽充数了，我不希望日后的朋友心怀好意代我将未选入本集的一些作品再作展示，故我将本书称作一本到目前为止的本人作品的'总集'。鉴于此，我要请朋友们体谅我之苦心。可叹我一生追求'完美'，而我之所能仅此而已。那么就请读者将本书看作是一个爱美者的心路历程好了。"① 记住这一点，有助于澄清"不分行的文字"问题。既然昌耀明确地把自己的作品称为"昌耀诗文总集"，而不是像聂鲁达那样把它称为"昌耀诗歌总集"，就没必要非把那些"不分行的文字"看成诗。

转入河北省荣军学校后，昌耀从一位文艺兵变成了学生，其写作也不再注重宣传了。此时他读了大量诗集，未央的影响，再加上青春激情的驱使，使昌耀的写作从故事转向了诗歌。他在《艰难之思》中说："我的诗创作始于 1953 年秋冬之际，时在河北省荣军学校。此期间校图书馆的藏书为我的阅读提供了机会，我涉猎了郭沫若《女神》、莱蒙托夫《诗选》、希克梅特《诗选》、聂鲁达《诗文集》、勃洛克《十二个》……等一批中外诗集。那是一个值得回味的时期，我的生活兴致极高，蓬勃

---

① 昌耀：《〈昌耀诗文总集〉后记》，见《昌耀诗文总集》，作家出版社 2010 年，第 792 页。

的青春渴望着爱情。① 渴望着云游与奇迹。我总是有写诗的欲念。凡所经历、凡所见闻、凡所畅想处多显示为某种诗的暗示。我当初那一卷一卷的诗稿就是蜷在宿舍床铺如此轻松草就……"②昌耀首次发表的诗歌是组诗《你为什么这般倔强——献给朝鲜人民访华代表团》，刊于《河北文艺》1954年第4期。不能不说，尽管昌耀接受的教育不多，但他发表作品的时间很早。他首次发表诗歌时只有18岁，而且是持续性的写作与发表，并在1956年加入中国作家协会西安分会。从阅读其他诗人，接受其他诗人的影响到自己成为诗人，这个过程异常神秘，从常人到诗人必然发生了内在的变化：他学会了一种可以表达自我和世界的神秘语言。

我倾向于把1957年视为诗人昌耀的诞生年。检视昌耀五十年代的诗歌创作，1957年显然是最突出的，数量多，质量高。从开始写作时，昌耀就主动疏离了风流才子式的诗人，宣称"真正能够引起我的敬意并感动的，倒是'为人生'的诗人"，并把这样的诗人称为"殉道者"。昌耀由此给出的好诗标准是"感动"，并认为感动其实是来自作者"灵魂的力量"。③ 直接将诗与人生对应起来，表明了昌耀诗歌的现实主义精神。后来，

---

① 昌耀偏爱句号，常常用句号强力阻断本来连续的句意，诗中更常用。受过完善教育的人应不会这么写。

② 昌耀：《艰难之思》，见《昌耀诗文总集》，作家出版社2010年，第375页。

③ 昌耀：《对诗的追求》，见《昌耀诗文总集》，作家出版社2010年，第155页。

他在《艰难之思》中回忆说："于今，我是如此偏执地信仰：作家之存在、之造就，其秘诀惟在生活磨炼或命运的困扰。无可动情于生命的沉重，无可困惑奋发于人类的命运，我不以为他会是一个本质意义上的作家。作家意味着对生活的咀嚼。我乐于承认正是 1957 年之后我才品味到这种咀嚼有多么严峻。"① 从出身来看，昌耀并不属于平民，但他有强烈的平民意识。昌耀说"我一直怀有对贫贱者的认同，对贵族及豪门的心理排拒，向往人类大同理想"，并认为这是阅读对他的塑造。实际上，平民意识促成了昌耀的文学观："我欣赏那种汗味的、粗糙的、不事雕琢的、博大的、平民方式的文学个性。"② 基于以上三点考虑，我把 1957 年作为诗人昌耀诞生的标志性年份。

下面结合一首诗的修改来看昌耀的诗艺变化以及教育在其中的意义。作为追求完美的诗人，昌耀舍弃了他早期的诗歌，主要是那批以抗美援朝为题材的诗歌。他生前编定的《昌耀诗文总集》的开篇之作是《船，或工程脚手架》，这显然是他认可的第一首诗，作者注明该诗写于 1955 年 9 月：

船，或工程脚手架

高原之秋

---

① 昌耀：《艰难之思》，见《昌耀诗文总集》，作家出版社 2010 年，第 373 页。

② 昌耀：《艰难之思》，见《昌耀诗文总集》，作家出版社 2010 年，第 377 页。

船房

与

桅

云集

蒙蒙雨雾

淹留不发。

水手的身条

悠远

如在

邃古

兀自摇动

长峡隘路

湿了

空空

青山

1955.9①

　　值得注意的是，昌耀的第一本诗集《昌耀抒情诗集》并未
收录此诗。在其第二本诗集《命运之书——昌耀四十年诗作精
品》（1994年）中本诗才首次出现。我推测这首诗是昌耀在出

---

　　① 昌耀：《命运之书》，青海人民出版社1994年，第7页。

版《命运之书》前修改后加入其中的。《船，或工程脚手架》
其实是对《高原散诗》组诗 4 首（发表于《文学杂志》1956 年
4 月号）中的《船儿啊》的改写：

船儿啊
建筑工地的脚手架，像云集的船桅，当留下了一栋栋
　　大厦，它又悄悄离去。

高原的秋天，
多雨的日子，
冲天的桅杆，
尽自缠着多情的白云，
不愿离去！

水手啊，
你怎么尽自喊着号子，
而船身不动一韭菜尖？
难道，是怕那绕不尽的群山？
难道，是怕河中的险滩？

几天后，我又向这儿远望，
船儿不知去向，
却留下了一座座楼房！
船儿啊，

是谁叫你把它运来我们荒凉的"穷山"？

　　一九五五·九·青海①

　　这两首诗差别极大，所署创作日期却完全相同。这表明昌耀1986 年（他第一本诗集出版的时间）前的诗稿都有可能经过修改，但修改日期并未显示。在 2018 年的昌耀诗歌讨论会上，王家新认为昌耀的早期诗稿属于重写，而不是改写："正是在复归后的八十年代，昌耀在思想和精神上摆脱了早年的盲从，而在历经曲折和磨砺后，他也有了更为自觉的美学追求，并形成了一种孤绝超拔、具有'新古典'性质的语言文体。正是这种具有高度辨识性的'昌耀体'，使他和他的同代诗人区别开来，也和他的早期诗风有了明显而深刻的区别。也正是以这种'昌耀体'，昌耀对其早期作品进行了彻底重写，以把一切都纳入如燎原所说的'有方向性的写作'中来。"② 这首诗显然是重写的一个例子。原诗的题目《船儿啊》很抒情，《船，或工程脚手架》就客观多了，至多包含了一个比喻，把工程脚手架比喻成船，相应地，在诗中把建筑工人比喻成水手。原诗的长句被极度压缩，内容也由写实转向抽象。从形体看，明显受阶梯诗影响，诗行很短，有些刻意，但意象奇特，质地非凡，更重要的

　　① 李文钢：《昌耀与〈河北文艺〉——诗人昌耀早期佚稿发现记》，《新文学史料》2020 年第 2 期。

　　② 《昌耀诗歌讨论会发言实录选》，《桃花源》诗刊 2019 年第 2 期，第 81 页。

是它呈现了西部高原经济建设的宏大场景，是一首化用了古典诗歌手法的现代诗：词语凝练，"高原之秋"和"悠远如在邃古"的时空融合，"淹留不发"与"兀自摇动"的动静相间与彼此转化，其中"蒙蒙雨雾"促成了化静为动的神奇效果，整首诗将建设场景与广袤山川融为一体。

从诗歌语言来看，从《船儿呀》到《船，或工程脚手架》的巨变当然有时代的影响，但更根本的是昌耀的诗艺得到了极大提升，而这应该是他不断进行自我教育的结果。

第二节　昌耀的创作轨迹及特色

《昌耀诗文总集》收入的第一首诗是《船，或工程脚手架》（1955 年），最后一首诗是《一十一支红玫瑰》（2000 年），前后跨度四十五年，除去创作中断的十年（1968—1977），实际创作时间为三十五年。大体上可以分成早期（1955—1967）、中期（1978—1984）、后期（1985—1991）和晚期（1992—2000）。

昌耀诗歌的早期比较容易界定：起点自然是 1955 年。如果从发表第一首诗的时间算起，起点应该是 1954 年。1967 年，他才停下笔来。早期的昌耀出手不凡。在我看来，昌耀前两年的诗歌是练笔性的。他在诗歌中真正确立自我是从 1957 年开始的，这个过程持续到 1962 年。尽管其后仍有创作，但已偏离了自我和时代，基本上没什么价值。昌耀早期诗歌的形式已很完备，既有短诗又有长诗，既有对民歌与古诗的借鉴又有独具特色的创造。从写作对象来说，昌耀早期诗歌就确定了个人与时代的复调交融品格。昌耀可能比同代的其他诗人融入时代更彻底。他的长诗《哈拉库图人与钢铁——一个青年理想主义者的心灵笔记》（1959年）描绘了社会主义建设中的事件。关于这首诗，昌耀后来提供了一些重要信息："80年代后期，我以《一个理想主义者的心灵笔记》整理的一大组诗作（见《中国诗人》丛刊1990年第3卷第2辑），其中一首写于1959年3月的长诗《哈拉库图人与钢铁》是我对于1958年'大炼钢铁运动'的一次由衷的颂歌……我欣赏的是一种瞬刻可被动员起来的强大而健美的社会力量的运作。是这种顽健的被理想规范、照亮的意志。"① 值得注意的是，关于这首诗有两个时间，一个是写作时间"1959年3月"，一个是整理时间"80年代后期"。也就是说该诗在80年代后期做过修改。这首诗未被收入他的任何一本诗集，最后编《昌耀诗文总集》时才收入。因此可将昌耀诗歌的早期称为"颂歌"时期。

1955年，19岁的昌耀主动选择了西宁，投身于大西北开发的热潮。同年，昌耀写出了第一首他认可的诗《船，或工程脚手架》，祖国建设与个人豪情在这首诗中交相辉映。而昌耀确立自我形象的第一首诗是《高车》（1957年），其诗歌的英雄主题即萌发于此。该诗前三节写得极有气势：以"隆起"（向上，以

---

① 昌耀：《一份"业务自传"》，见《昌耀诗文总集》，作家出版社2010年，第857页。

地平线为参照点）、"轧过"（向下，以北斗星宫为参照点）突出"高车"之高，然后从空间转向时间，以由近及远的视角呈现了高车在岁月中的漫长穿越，为读者留下了一个巨大的高车背影。昌耀把高车巨人化显然体现了他的英雄情结，这或许和他参加过抗美援朝不无关系。当然这首诗中的高车是青海风物，英雄显然对应着建设者的形象。值得注意的是，《高车》的语言已出现古语化倾向。"之乎者也"就出现了两个，还有一个"于"字。《峨日朵雪峰之侧》（1962 年）其实是《高车》的延伸。在这首惊心动魄的短诗中，诗人以一个攀登者的形象出场，进一步强化了其英雄主题：

> 我小心翼翼探出前额，
>
> 惊异于薄壁那边
>
> 朝向峨日朵之雪彷徨许久的太阳
>
> 正决然跃入一片引力无穷的山海。
>
> 石砾不时滑坡引动棕色深渊自上而下一派喧鸣，
>
> 像军旅远去的喊杀声。我的指关节铆钉一般
>
> 楔入巨石罅隙。血滴，从脚下撕裂的鞋底渗出……①

昌耀写个人的诗往往透露出男性气质和英雄倾向，这成为他诗歌的一个贯穿性主题。后来的《一百头雄牛》（1986 年）

---

① 昌耀：《峨日朵雪峰之侧》，见《昌耀诗文总集》，作家出版社 2010 年，第 43 页。

和《穿牛仔裤的男子》（1986年）都是如此。《划呀，划呀，父亲们——献给新时期的船夫》（1981年）中的父亲和《僧人》（1990年）中的托钵苦行僧可以视为男性主题的变体。

1979年，昌耀重返青海文联工作。从此，他和家人住进了城市，这也是他的五口之家生活幸福的时期。只是恢复创作的昌耀已42岁，不折不扣的人到中年。在此期间，昌耀以焕发的生机激活了沉默的十年，对他来说，重新写诗无异于温习"黄金般的吆喝"（《冰河期》1979年），于是他迅速迎来了创作的巅峰期——"慈航"时期。长诗《慈航》（1981年）和组诗《青藏高原的形体》（1984年）树立了中国新诗崇高品格的典范，使他成为不折不扣的大诗人。

《慈航》显然是诗人的自传，是一部爱的史诗，爱的主题与英雄主题的融合构成了作者"勇武百倍"的力量源泉，可以说《慈航》在爱与死的张力中呈现了生的顽强与爱的伟力：

> 是的，在善恶的角力中
>
> 爱的繁衍与生殖
>
> 比死亡的戕残更古老、
>
> 　　更勇武百倍。①

这是贯穿全诗的主旋律，并因此成就了一首爱的伟大颂歌。

---

① 昌耀：《慈航》，见《昌耀诗文总集》，作家出版社2010年，第106页。

其续曲《雪。土伯特女人和她的男人及三个孩子之歌》（1982年）是一首幸福的家庭之歌，这种幸福甚至使诗中的雪都变成暖色调的了："残雪覆盖的麦垛下面/散发出阳光的香气"。而温暖的核心则是那个"屁股蛋儿在嫩草地上蹭出一溜拖曳的擦痕""认真地把每个过路的男子唤作'爸爸'"的女孩——诗人昌耀的女儿。

来到西部之初，昌耀就开始为这片土地塑像了。他早期曾写出《踏着蚀洞斑驳的岩原》（1961年）、《这是赭黄色的土地》（1961年）等出色的作品。而组诗《青藏高原的形体》更集中、更宏阔地呈现了西部的地理风貌与人文景观，其核心是文化寻根、生活习俗与经济建设，可以说这组诗从另一个维度体现了其诗歌艺术的高度，它们显示了昌耀诗歌的雕塑功力与"硬"的特质，在某种程度上可以说这是英雄主题从人延伸到土地的产物。换句话说，昌耀以拟人化手法使青藏高原具有了某种类似于男性的阳刚气质，所谓"发育完备的雄性美"。

从1985年起，昌耀诗歌中的感情发生了变调：从激越高昂逐渐转向忧郁低沉。可以说《斯人》（1985年）是昌耀诗歌情感变调的开始：

> 静极——谁的叹嘘？
>
> 密西西比河此刻风雨，在那边攀缘而走。
> 地球这壁，一人无语独坐。①

---

① 昌耀：《斯人》，见《昌耀诗文总集》，作家出版社2010年，第283页。

首先看题目，"斯人"体现了作者的古语倾向。这个题目呼应并激活了中国古典文学中的名句"斯人独憔悴"，以及"微斯人，吾谁与归"，它们分别对应着憔悴主题与知音主题。更重要的是，"斯人"与"诗人"谐音，这就使此诗突破了个人自传的局限，体现出为诗人群体塑像的效果。如果用"这个人"作为题目，这一切都难以体现。从题目"斯人"出发，还可以分析此诗的人称词。诗中第一句的代词"谁"有不确定性，既可指诗人，也可指别人。第二句中虽无人称词，但确有人在"攀缘而走"，属于无人称词的人称，此句所指的人最好理解成诗人之外的另一个人。第三句中的"一人"即"斯人"，也就是"我"。但作者不用"我"，而用第三人称词，是为了与写作对象拉开距离，即"我"同时是自身的旁观者。从艺术上来看，此诗营造了一个极富张力的结构。第一句自成一节，为总领。第二节为分，其中第一句充满喧闹，对应着"谁的叹嘘"，第二句极其安静，对应着"静极"。破折号两侧的静与闹形成了一个声音的张力结构，这是对中国古诗以声写静传统的化用。值得注意的是，作者为这种声静结构营造了一个浩瀚的空间，如果说第三句写的是"地球这壁"的话，第二句写的"密西西比河"就是"地球那壁"，前者是行动，"攀缘而走"，后者为静止，"独坐"；前者为想象，后者是写实。诗人的想象力穿越了地球，或者说将整个地球都变成了诗人存在的空间。这是一种什么样的存在呢？在无比广阔、极其安静中的孤寂感。后来《内陆高迥》（1988 年）中那个"步行在上帝的沙盘"的旅行者显然是一个行动中的"斯人"。因此可以将这个时期称为"斯人"时期。随后"斯人"的孤寂感变成了"嚎啕"（1986年）、"眩惑"（1986年）、"悲怆"（1988年）等情感体验。这种赋予其作品悲壮品格的现实冲突一直延续到晚期，并愈演愈烈，直到昌耀身患癌症跳楼自杀为止。对这个阶段，昌耀命名为"后英雄"时期，他在诗中宣告"硬汉子从此消失"，以至"大男子的嚎啕使世界崩溃瘫软为泥"（《嚎啕：后英雄行状》1986年）。尽管昌耀写了不少精湛有力的短诗，但他本质上是个长诗诗人，其伟大主要是由长诗体现出来的。昌耀各个时期的代表作基本上都是长诗，其能量和力量大多是在长诗中释放出来的。本期的代表作《燔祭》（1988年）也是一首长诗，全诗由"空位的悲哀""孤愤""光明殿""噩的结构""京都前门·狮面人"和"箫"六部分组成。《燔祭》的主题早在《生命体验》（1986年）中就已经出现，面对"世俗化加速进程"，诗人反复慨叹"无话可说"。所谓"神已失踪，钟声回到青铜"就是随着理想主义精神的消隐，崇高事物的回响均回归自身，钟声回到青铜，诗歌也将回归诗人。可以说，昌耀在这里已经预示了该时代的非诗性：诗歌遇到了没有读者或知音的困境。昌耀后期的长诗较多，另外两首重要的长诗是《听候召唤：赶路》（1987年）和《哈拉库图》（1989年），前者是一首进行曲，表达了一种因不甘落伍而急于赶路甚至飞翔的使命感，体现出诗人的自信和活力；后者则是一首咏叹调，将城堡、时间与命运等多重主题糅合成一个神秘的整体，在尝试破解生活困惑的同时流露出深沉的感喟。

1992 年对昌耀至关重要，并成为他晚期诗歌的起点。这一年昌耀和他的妻子离婚，诗人的经济贫困与自作多情（包括恋爱与写诗）的冲突加剧，从此他的创作进入衰落期或转变期。其诗歌语言越发凝练拗口，情思也趋于隐秘难解；而且他再未写长诗，《一个中国诗人在俄罗斯》（1998 年）是诗文杂糅的，《20 世纪行将结束》（1999 年）是"一首未完成诗稿的断简残编"。昌耀晚期长诗的空缺恐怕只能归结于他极端的身体痛苦和心灵焦虑。与此密切相关的是，昌耀晚期的写作以"不分行的文字"为主。其不分行写作始于 1983 年的《浇花女孩》，但只是零星出现，偶尔延续。从 1993 年开始，他明显从诗歌写作转向不分行写作。1993 年共 19 件作品，除掉一篇答问文章，实有 18 件，其中诗歌写作与不分行写作各占一半。其后不分行写作的数量不断增多，在 1997 年的 15 件作品中只有一首诗歌，其余均不分行。他在《昌耀的诗》后记里对此做了以下解释："我是一个'大诗歌观'的主张者与实行者……我并不贬斥分行，只是想留予分行以更多珍惜与真实感。就是说，务使压缩的文字更具情韵与诗的张力。随着岁月的递增，对世事的洞明、了悟，激情每会呈沉潜趋势，写作也会变得理由不足——固然内质涵容并不一定变得更单薄。在这种情况下，写作'不分行'的文字会是诗人更为方便、乐意的选择。"① 由此可见，昌耀的不分行写作是激情沉潜的结果，而且他本人的用词是"'不分行'的

---

① 昌耀：《〈昌耀的诗〉后记》，见《昌耀诗文总集》，作家出版社 2010 年，第 681 页。

文字"，并未把它们称为诗歌。就此而言，我认为昌耀晚期事实上已经转向了具有整体性的散文写作。这些作品并不因为不是诗歌而降低它们的价值，相反我认为"不分行的文字"代表了昌耀晚期创作的高度。

"我在沉默中感受了生存的全部壮烈"，昌耀早期的这句诗其实适用于他的一生。"命运啊，你总让一部分人终身不得安宁……"（《一滴英雄泪》1992年）。晚期折磨昌耀的是爱情："是的，朋友，今天是我最为痛苦的日子：我的恋人告诉我，她或要被一个走江湖的药材商贩选作新妇。她说，她是那个江湖客历选到'第十八个'才被一眼看中的佳人。"（《无以名之的忧怀》1997年）此事让昌耀痛感自身的失败：他和他崇尚的美被金钱一举打败了！晚期昌耀其实是个家庭的流亡者，他从1989年起就与妻子分居，离婚后失去了孩子和房子，想去南方与情人生活的打算也落空了。后来长期住在办公室（"目前我是在文联办公室的沙发上就寝——反正我在家已有过近三年历史的睡沙发的功夫了不是吗？"这是他情书里的话），最终沦为"大街看守"。可以说昌耀晚期是名副其实的"烘烤"时期，《烘烤》（1992年）集中体现了昌耀晚期的所有冲突："这个社会的怪物、孤儿浪子、单恋的情人"，这是昌耀为自己绘制的精确自画像。这位"追寻黄帝舟车"的诗人从"前倾的身子愈益弯曲"到最后从医院病房的纵身一跃，无不回荡着非诗时代的慷慨悲音。

以上梳理了昌耀的诗歌创作轨迹：颂歌时期（1955—1967）、慈航时期（1978—1984）、斯人时期（1985—1991）和烘烤时期（1992—2000）。从主题上说，昌耀的所有作品都属于命运之书；从艺术上说，完美主义者昌耀的所有作品（主要指他收入总集中的作品）未必都是完美的，但很少平庸之作。而且昌耀贡献了一大批经得起反复琢磨的厚重作品，这就使他不同于那些只有一两首代表作的诗人。昌耀是个拒不妥协的强力诗人，只不过这种力量在他人生的前半段是颂歌性的，但伴随着"天问"与反思；后半段则是疏离性的，但伴随着阵痛与无奈。从美学风格的基调来说，昌耀经历了从崇高（前期和中期）到悲壮（后期和晚期）的转变，相应地经历了从雄辩式抒情到号啕式抒情的转变。而荒诞大体上是悲壮的变体，至少昌耀把它看成了"一种悲壮的享受"（《这夜，额头锯痛》1991 年）。

上述梳理了诗人昌耀的创作轨迹，作为一位大诗人，昌耀的诗歌成就当然不止一端。在我看来，其诗歌特色主要是"流体雕塑"。昌耀的诗歌不仅具备雕塑的静态美，他还创造了"流体雕塑"的奇观，既凝重典雅又气韵流荡。关于昌耀诗歌的雕塑美，此前已有不少学者论及，其中较有代表性的是洪子诚："在短诗，以及一些长诗的局部上，他倾心捕捉并凝定某一瞬间，以转化、构造具有雕塑感的空间形象。"[1] 早在新诗初期，闻一多就提出"三美"说，而昌耀最借重的艺术形式是雕塑与音乐：雕塑为他的诗歌提供了形体、棱角以及强力效果，从而铸成了其诗歌之"硬"。无论写人还是写物，昌耀都能雕刻出对

---

① 洪子诚：《中国当代文学史》（修订版），北京大学出版社 2007年，第 226 页。

象的本真质地和细腻纹理；写到运动时，往往给人一种高清拍摄再缓慢播放的效果，如"我们抬起脚丫朝前划一个半圆，又一声吼叫地落在甲板，作狠命一击"（《水手长—渡船—我们》1962年）；音乐则为他的诗歌提供了节奏、气势以及优美韵律，从而造成了其诗歌之"软"。"我用音乐描写运动"（《节奏：123……》1981年），昌耀如是说。从造句特点来看，昌耀爱用排比，有时兼用比喻式排比，以及环环相扣的句法："郊原/那一排惯与流风厮磨的钻天杨/昨天倒在了田塍。倒在了田塍/像一排被处决的魔女，/绿色美发弃满泥涂。/骤然变得生疏的空间再不见旗罗伞布般高举之/树梢，和那树梢之雀巢，和那雀巢之雀鸟，/和那雀鸟唱与绿发魔女之绿色情语。"（《郊原上》1979年）昌耀认为诗是"气质的堆塑""灵气的流动"，诗的雕塑美和音乐美被他融成"流体雕塑"的奇观。正如他在《我的诗学观》（1985年）中所说的："……但我近来更倾向于将诗看作是'音乐感觉'，是时空的抽象，是多部主题的融会。感到自己理想中的诗恰好是那样的一种'流体'。当我预感到有某种'诗意抒发'冲动的时候，我往往觉得有一股灵气渴待宣泄，唯求一可供填充的'容器'而已。"① 试看《慈航》中的这几句：

> ……一头花鹿冲向断崖，
>
> 扭作半个轻柔的金环，

---

① 昌耀：《我的诗学观》，见《昌耀诗文总集》，燎原、班果编著，作家出版社2010年，第300页。

瞬间随同落日消散。①

可以说昌耀笔下的这头花鹿就是一件绝妙的"流体雕塑"，兼有形体之硬与质地之软。花鹿存在的方式是"冲向断崖"，"断崖"是静而硬的空间，"落日"显示的则是动而软的时间，之所以说"落日"是软的，是因为它会"消散"。值得注意的是"金环"与"断崖"呼应，静而硬；"轻柔"与"落日"呼应，动而软。而且，"半个轻柔的金环"并非实体，而是喻指扭头的花鹿，"扭"体现了自然的强力，这句诗给读者的感觉是，当花鹿扭动头颅与肢体时，如同把自身扭作金环。"扭作半个轻柔的金环"这个比喻无疑强化了花鹿的"流体雕塑"效果。无论是花鹿与落日这样的实体，还是轻柔的金环这样的喻体，很快都同时消散了。莫非这头花鹿跳崖了？此时再来看"消散"前的两个动词"冲"与"扭"，分明包含着决绝与不舍的冲突。或许这头花鹿处于猎人的追逐中，已决定从断崖跳下去，临近断崖时却突然萌生了不舍之心，但这只是瞬间的转念，它最终成了落日的殉葬品。可以说昌耀在这个充满张力的片段里表达了美的消散主题。读这个片段不难想到他次年写的《鹿的角枝》（1982 年），其中有"从高岩，飞动的鹿角，猝然倒仆……//……是悲壮的"这样的句子。而这正是"与猎人相周旋"的鹿的普遍命运。从某种程度上可以说，昌耀在这两首诗中写的鹿遵循了大

① 昌耀：《慈航》，见《昌耀诗文总集》，作家出版社 2010 年，第 115 页。

体接近的结构，"高岩"对应着"断崖"，"飞动"对应着"扭"，"倒仆"对应着"消散"。但由于缺乏"扭作半个轻柔的金环"这样的比喻，其表达效果不免逊色了许多。"流体雕塑"并非传统的化静为动，也不是对连续动作的刻画，而是注重在动静的张力中呈现出鲜明的棱角与内在的力道，形成一种气韵流荡、软硬兼具的体格。从根本上说，昌耀诗歌的"硬"源于其阳刚气质与英雄情结，昌耀诗歌的"软"则来自这个硬汉子的一腔柔情。或许令人难以置信，昌耀既是杰出的政治诗人（对应于"硬"），也是出色的爱情诗人（对应于"软"）。这两种风格迥异的爱在他的作品中得到了各臻其妙的表达。除了《慈航》这部爱的史诗之外，我认为这位堪称唯美主义者的诗人最好的爱情诗是写给修篁的：《致修篁》（1992 年）、《傍晚。篁与我》（1992 年）、《在一条大河的支流入口处》（1993 年）等。

在当代诗人中，昌耀诗歌的语言独具特色。其元素相当丰富，往往能将书面语口语古语土语融为一体，句式紧凑绵密，极具表现力。其中比较刺眼的是昌耀对"古语"（骆一禾的说法）的偏爱，在当代诗人中，或许没有谁比他动用过那么多古语，以及古文句式。骆一禾对此做了正面评价："昌耀所大量运用的、有时是险僻古奥的词语，其作用在于使整个语境产生不断挑亮人们眼睛的奇突功能，造成感知的震醒……也用'古语特征'造成的醒觉、紧张与撞击效能来体现精神的力道……"①

① 骆一禾、张玞：《太阳说：来，朝前走》，见《昌耀　阵痛的灵魂》，董生龙主编，青海人民出版社 2000 年，第 73-74 页。

但是也有不同意见。较早质疑昌耀"古语"倾向的应该是雷霆（1963—2021）。1983 年 2 月 18 日，昌耀在给雷霆的复信中写道："兄对拙诗的批评是很坦诚的。很感谢！在某些诗里我确实有意识地让它带有某种情调的'诗词味'（在句式、词语方面），但我决不想照搬，我只是有感于古汉语的凝练、丰富的蕴涵和音韵的美，想在新诗的创作中有所借鉴。而效果呢？您已经替我指出了。我愿作考虑，但我还不大甘心。（其实，我对旧诗词很少读，它留给我的只是某种'旋律'。）"① 从这封信来看，雷霆显然否定了昌耀诗中的"古语"风格，昌耀才做出这样的解释，强调自己想把古汉语的优势融入新诗创作。尽管昌耀接受了对方的意见，但他"还不大甘心"，这就意味着他在这方面还要继续探索。1990 年 9 月 7 日，昌耀再次对此做出以下解释：

> 我个人的确采用过一些文言句式作为自己的诗歌语言，即便如此也不可能只是辞章之事，还需考虑与诗的氛围、格调是否谐和，或者是否提升了这种谐和而至于更醇厚的境界。至次也决不可让人感觉有镶嵌之嫌。再者，我是试图在"现代"意义上使用这种文言及其句式。至于你所称的"高古"，我想，决不意味着"仿古""复旧"，我宁可理解为你指语言创造所能达到的一种极致，一种苍茫的历史感，一种典雅境界，一种哲理化的抽象，一种余韵流响，而这些确实是我所追求的。当然，这样的效果并非一定求

---

① 姜红伟：《从一封半到十四封》，见《收获》2019 年第 3 期。

助于"文言句式",事实上我也并非仅求之于"文言句式"。但既然文言是一份历史遗产,且有言简意赅的特色并已部分融入"白话",那么仍需合理继承,即使"亦文亦白"也未必与口语相悖或不可与现代精神贯通,古人有云,"运用之妙存乎一心",如何传神无成法可循,仅在体味。另外,如谓诗的"高古"是一种意蕴,就不可模仿而能,问题不在于以何语言组合,尤在于语言何以能够如此组合:其实质是源于诗人生活的阅历及基于此的深刻感受与独到理解,是诗人气质风貌的整体呈示,这正是我要强调的"修炼"本意。[①]

从这封信的整体语境来看,董林显然不是昌耀诗歌语言的批评者,很可能是一个求教者,他向昌耀提了两个问题,其中一个是"极具高古之意的诗歌语言如何修炼",以上引文就是对这个问题的回答。从这段回答来看,昌耀具有明确的化古意识。毋庸置疑,"古语"运用确实促成了昌耀诗歌凝重典雅的雕塑美,并增强了其诗歌的凝练性与历史感,有时也与其所写的古代文化现象形成了某些共振。这在一定程度上促成了他偏爱的古典精神:"但我却于古典精神独有偏爱。我理解的古典精神即孜孜不倦求索美善与内心和谐的精神,崇尚自然的精神,其与

① 昌耀:《致董林》,见《昌耀诗文总集》,燎原、班果编著,作家出版社 2010 年,第 789-790 页。董林(1964—),河南邓州人。诗人,《河南日报》报业集团总编。

现实主义的本质、现代观念与禅境应并行不悖，那么，我也宁可承认我于诗的追求也有着古典精神的追求。"① 但昌耀的部分诗中确有使用古语过分的嫌疑，甚至给人一种逆流而动、执意而行的印象。像《山旅》中"履白山黑水而走马，渡险滩薄冰以幻游"，这种古诗句式出现在新诗语境里其实很不谐调。我推测昌耀对古语的偏爱和他没有接受系统的文学教育有关。由于心里没那么多规矩，反而可以让他放开写，不像那些受过长期教育的人把语言弄得很精致，在借用其他语言方面很谨慎。总体而言，昌耀创立的或许是一种适合他自己的语言系统，对后人来说，这可能是一种孤绝的诗歌语言传统。

最后谈谈昌耀对诗歌创新的理解和实践。《我的诗学观》（1985 年）应该是昌耀谈诗随笔的代表作。该文最具启发性的是对时间和创造的讨论。昌耀深刻地意识到"人们对美所怀有的欲望、挑剔、不满足……总是与日俱增，其程度之烈不亚于暴君的贪欲"，正是这种对美的不竭欲望构成了创造的动力。昌耀认为美的创造不易谈论清楚，"仅仅是靠实践本身才可做出比较恰切的回答"，而创造是生成于时间中的一个概念，单纯地谈论创造没有意义，因为创造总是和此前作品比较的结果，因此美从来就是流动的："我常常感慨美的内涵被时间充溢，总被时间超越，总被时间更换，总被时间……还魂。"正是在这种时间里的创造观的框架里，昌耀谈到了艺术变革的必然性："变革艺

---

① 　昌耀：《致李万庆》，见《昌耀诗文总集》，作家出版社 2010 年，第 775 页。

术笔墨的愿望并非出于某些文化怪人单纯猎奇的满足，应该说，它一直是多数人都具有的潜在欲望，在封闭的环境条件下，其反映也许不甚明晰，一旦'窗口'打开，感官激奋，被拓展的地平线上也就随之萌发了一代文化心理意识：倾向于追求一种新的审美效应。"①

在《昌耀的诗》后记中，昌耀自称"我只是一个被动的写作者"，他如此总结自己的写作："我不是一个多产作家（我对'多产'近乎冷漠）。……我偏执于艺术的深度表达与完善，我如同一个患有洁癖的人，对自己的创作行为多所挑剔或存疑。"② 如果说挑剔是追求完美所致，那么，存疑就和创新有关了。对一种新风格，不但读者有质疑，作者也是拿不准的。关于诗歌的创新，昌耀有一段经验谈：

> 头绪繁多的现代生活的快节奏总是使人感到躁动不宁与变幻莫测。有许许多多的焦虑。有许许多多的渴望（包括人自身的超脱）。一方面，惑于人的主体意识日渐沦丧，一方面又期求瞬刻的对一切的把握与洞察。在这样的心境中寄情于艺术的人们日益不耐于传统的叙事与抒情及实用功利的说教（哪怕是侃侃而谈），他们首要的是审美的真诚与审美表达的和谐，是理解，是审美悟性的满足。是钱学

---

① 昌耀：《我的诗学观》，见《昌耀诗文总集》，作家出版社2010，第298-299页。

② 昌耀：《〈昌耀的诗〉后记》，见《昌耀诗文总集》，作家出版社2010年，第675页。

森教授称之为表达了"哲理性的世界的层次"、可与个人的"世界观合拍"的"美"的追求（详见《文艺研究》1986年第4期）。唯进入此一哲理性审美层次，美的本质特征作为人的本质力量的对象化才有可能充分展示，人的自我实现才具可能。唯其如此，才是本来意义上的"美的艺术"。以追求"现代感"为"意识觉醒"而寻求通向世界之路的艺术探索者们正是着眼于这一"最高层次"而给予抽象美与艺术的抽象以前所未有的关注。"美的艺术"正是他们急于攀摘的果实。时代本身已造成了这种默契：唯如此才合情合理。①

这一段谈的是如何做到与时俱美的问题，如何在新的时代创造出与此相称的美。这既是时代的要求，也是诗人的愿望，但要做到创新，必须首先保证诗人的真诚与诗歌形式的和谐，这是前提；在此基础上，应该对所写事物加以艺术的抽象，从而达到哲理性审美层次，并由此获得与时代相应的现代感。这段话里既有昌耀个人的深切体会，又有理论引证，可以说揭示了昌耀诗歌创新的秘密。

---

① 昌耀：《诗的礼赞》，见《昌耀诗文总集》，作家出版社2010年，第368页。

第三节　大诗人的判定以及与张枣的比较

关于昌耀的诗歌成就，最引人注目的一个界定应该是大诗人。早在 1985 年，刘湛秋在给昌耀的第一本诗集写序时就提到了大诗人的说法："他默默地写了三十年诗。命运使他在将近半个世纪的生涯中未能出版一本诗集，但他依然在成熟，在默默地朝向一个大诗人迈进。"① 尽管这里并未将昌耀称为"大诗人"，但他明显相信昌耀将成为一个大诗人。

1988 年，骆一禾首次界定"昌耀是中国新诗运动中的一位大诗人"："昌耀先生的作品，如从 1956 年的《鹰·雪·牧人》算起，创作期已有 32 年了。他迄今只出版了一本诗集，即青海人民出版社 1986 年版的《昌耀抒情诗集》，而关于他的评论和研究也极为稀少。诗人不是自封的，评价要由别人来说，因此，我们尤其感到必须说出长久以来关注昌耀诗歌世界而形成的结论：昌耀是中国新诗运动中的一位大诗人。如果说，大诗人是时代的因素并体现了它的精神主题和氛围，那么我们当然是在这个意义上使用这一词语的。"② 在郑重提出昌耀是一位大诗人

---

① 刘湛秋：《序》，见《昌耀抒情诗集》，青海人民出版社 1986 年，第 1 页。

② 骆一禾、张玞：《太阳说：来，朝前走》，见《昌耀　阵痛的灵魂》，董生龙主编，青海人民出版社 2000 年，第 63-64 页。

的判断后，骆一禾给出了三个依据，一是昌耀的诗体现了时代精神："我们之所以称昌耀为大诗人，在于他的诗歌写出了个人内心和宽阔背景上的诸般生命所并存的主导精神，他所突出的是这种至今仍然驱策着中国人的紧迫感，这是一个时代的因素，在今天它越来越具有事实感，越发地强化了，要么便是听候召唤，是赶路，要么便是迫降和永远吞没，并且诗人的心灵自身也首先具有和抵达了这个程度的觉识。我们之所以坚持评价诗人不仅从艺术上，更要从精神上，也在于此，因为正是精神动能产生了写下诗作的推动力，并决定了诗句所能达到的程度，忽略精神功能，也就是将才华倾注在虚掷的方向上。"[1] 二是昌耀的诗对传统的更新："一个诗人，特别是大陆诗人，他们都在一个博大精深的、多方面综合的文化传统和美学传统中进行自己的写作，他也就当然要对'传统'这一力量作出本于当今之世的回答、应对和转变，他与传统的关系，要么是一种被笼罩，要么是新生。昌耀以自己的创造行为回答并给予了一定的新质，其为大诗人，也是在这一点上。"[2] 三是《听候召唤：赶路》的卓越结构："可以说明——《听候召唤：赶路》的全诗结构，是沿着'赶路'的轨迹铺设的，每个因素都在这个结构里饱满起来、凸露出来，组成了慷慨镗鞳的光明与黑暗、光线与阴影的跳动和扭结，形成了强力：两种或更多的相反相成的因素和情

---

① 骆一禾、张玞：《太阳说：来，朝前走》，见《昌耀 阵痛的灵魂》，董生龙主编，青海人民出版社 2000 年，第 67 页。

② 骆一禾、张玞：《太阳说：来，朝前走》，见《昌耀 阵痛的灵魂》，董生龙主编，青海人民出版社 2000 年，第 69 页。

绪的同时激荡。而优秀的结构不单使因素产生内容上的相关，并且也是艺术方式上的组合，在《听候召唤：赶路》里，我们可以看到大群的形象展现和主题共鸣与诗歌艺术落成方式上的切合。《听候召唤：赶路》的艺术魅力在于它的形象序列与主题的展开，是在一种迅猛运行的视觉和听觉效果里进行的，它不是以一个定点来加以观察和觉识，而是由一连串运动的质点来进行的，因此内容的动作与艺术方式的运作同时汇总成对'赶路'的主体精神的诗化。它不是以静观动，而是以动观动，结构的跨度本身也生机勃勃，用诗中所有的构成因素来完成这首诗。这确实是一个好的竞技选手的艺术创造，是一匹好走马，一个大诗人在逐日的过程中所具有的那种艺术感知。"① 这三处论证有力地支撑了骆一禾对昌耀是一位大诗人的判断。骆一禾认为评论的困难在于判断同代的文学现象，很多鉴赏历史上已有优秀作品的行家往往是判断同代的侏儒，用他的话说，"重要的是中国诗学和批评出现了判断力上的毛病：看不清创造。"骆一禾真是高才卓识，仅凭这一篇文章就堪称杰出的评论家。

"昌耀是一位大诗人"这个说法后来逐渐得到较多的认同。西川就这样说过："记得骆一禾生前谈到昌耀时说过这样的话：'民族的大诗人从我们面前走过，可我们却没有认出他来！'骆一禾是昌耀的同时代人中（包括昌耀的同辈和晚辈）较早深刻

---

① 骆一禾、张玞：《太阳说：来，朝前走》，见《昌耀 阵痛的灵魂》，董生龙主编，青海人民出版社 2000 年，第 71 页。

认识到昌耀诗歌价值的人之一。他为昌耀写过数万字的评论文章。昌耀在我心中作为一位'大诗人'的存在，肯定源自骆一禾。"①

我也认同骆一禾的看法。这里通过与张枣的比较略加论述。如今新诗的历史已满百年，失败论、衰退论的论调还在响起。按张枣的说法，"我们跟卞之琳一代打了个平手"②，这种"平手"论也提示了突破前贤的艰难，同时也流露出后来者的焦虑。能否说张枣超越了早年同样迷恋"纯诗"的闻一多呢？能否说昌耀超越了同样呈现出厚重现实的穆旦呢？其实一代有一代诗人，很难比出高低，只能说每个时代都有代表性诗人。

相对于张枣来说，关于昌耀的研究成果较多，已出版四部专著：《昌耀评传》（燎原著，人民文学出版社 2008 年）、《西北偏北之诗——昌耀诗歌研究》（张光昕著，台湾秀威 2013 年）、《西部诗人昌耀研究》（肖涛著，上海三联书店 2015 年）、《昌耀年谱》（张颖著，中国青年出版社 2021 年）。《昌耀评传》中既有丰富的文献资料，也有对昌耀各时期诗歌的精彩解读，堪称昌耀研究的必读书。在《西北偏北之诗——昌耀诗歌研究》中，张光昕将昌耀诗歌的创作阶段描述为水、土、火、气四种物性法则的演变历程，深入分析了昌耀的个性气质、发声方式与诗歌精神。

---

① 西川：《昌耀诗的相反相成和两个偏离》，见《大河拐大弯》，北京大学出版社 2012 年，第 101 页。

② 木朵、萧开愚：《共谋一个激发存在感的方向》，见《诗歌月刊》2013 年第 1 期。

关于张枣，目前无传记出现，但有一部专著《张枣诗歌研究》（赵飞著，社会科学文献出版社 2019 年）。关于张枣的诗歌语言，较有代表性的论文是傅博的《轻与甜：论张枣诗歌的美学气质及其建构》（浙江大学硕士学位论文 2012 年），可以说，"轻与甜"也是对张枣诗歌语言的精当概括。德国学者苏姗娜·格丝（Susame Goesse）凭借《论张枣诗歌的对话性》获得博士学位，"对话性"是张枣诗歌语言的重要特征，可惜该作尚无中译本。但可看到该作者的《一棵树是什么？——"树""对话"和文化差异：细读张枣的〈今年的云雀〉》，其中提到张枣的对话性源于他翻译的策兰。① 著名汉学家顾彬（Wolfgang Kubin）为张枣诗集《春秋来信》写的译后记《综合的心智》是一篇重要文献。他认为张枣"置身到汉语悠长的古典传统中"，在语言上达到了"文言古趣与现代口语的交相辉映"的境地。并称张枣是"中文里唯一一位多语种的名诗人"，体现了"使德语的深沉与汉语的明丽与甜美相调和"的努力："……对他而言，用汉语写作必定意味着去与非汉语文化和语言进行辨析。这类辨析直接作用于他诗歌构图的形式和结构上。"②

我之所以将昌耀与张枣进行比较研究，不只因为他们都是从湖南走向世界的当代诗人，更由于他们都是对当代诗歌做出贡献并产生重大影响的诗人。早在 20 世纪 80 年代，昌耀就被认

---

① ［德］苏姗娜·格丝：《一棵树是什么？——"树""对话"和文化差异：细读张枣的〈今年的云雀〉》，商戈令译，见《中国当代作家面面观》上卷，春风文艺出版社 2006 年。

② ［德］顾彬：《综合的心智》，见《作家》1999 年第 9 期。

为是"中国新诗运动中的一位大诗人",2016年,昌耀诗歌奖设立。① 张枣则被誉为"二十世纪中国最好的诗人之一"②,他去世后迅速吸引了一批追随者,其友人柏桦于2011年设立张枣诗歌奖。可以说,昌耀和张枣这两位"完美主义者"代表了中国当代诗歌的两极:基于生存苦难的现实诗派和追求纯诗元诗的技艺诗派,其不同手法为独白与对话,其语言风格分别为厚重与轻逸。

2018年4月,在张枣诗歌研讨会上,江弱水先生提出百年新诗前五十年最好的诗人是卞之琳,后五十年最好的诗人是张枣。这当然体现了他的观察和趣味。而我觉得昌耀比张枣伟大,这当然是我的看法,体现了我的趣味。就像当年元稹首开李杜优劣论一样,元稹的杜甫优于李白的看法也不能让所有人认同。昌耀何以比张枣伟大? 张枣天赋极高,二十诗章惊海内;知识视野远超常人:古今不薄,中西双修;诗艺也比昌耀圆熟,他为何不被称为大诗人呢? 从根本上说,写作不仅是天赋、知识和技艺问题,而取决于用它反映现实的密度、深度和广度。借助外现实(外在世界)与内现实(内心世界)、大现实(与"我"相关或相通的群体世界)与小现实(局限于"我"的个体世界)的理论来解释,张枣写的主要是内现实和小现实,昌耀写的主要是外现实与大现实,而且是通过内现实写出了外现

① 骆一禾、张玞:《太阳说:来,朝前走》,见《昌耀 阵痛的灵魂》,董生龙主编,青海人民出版社2000年,第64页。

② [德] 顾彬:《综合的心智》,见《作家》1999年第9期。

实，通过小现实写出了大现实，并因此成就了他深厚博大的现实感。

在我看来，昌耀与张枣诗歌语言的差异主要体现在三个方面：首先是对古诗语言的不同态度。即使"古语特征"出现在昌耀诗中有其合理性，但他的做法对当代诗的发展并不足取。不同于昌耀的语言复古行为，在有些诗如《镜中》《何人斯》《刺客之歌》《楚王梦雨》里，张枣也沿用中国古诗的语言、题材等，但无不经过高度的个人转化，使之融入现代汉语中，几乎看不出古语特征。在这方面，张枣构成了对昌耀的纠正。事实上，张枣的诗包括他的博士论文《1919 年以来中国新诗对诗性现代性的追求》都体现了对汉语现代性的追求。

其次，昌耀与张枣对诗歌形式的不同选择。昌耀自称是"大诗歌观的主张者与实行者"，他的写作经历了从分行到不分行的转变，并把此类不分行的作品称为"不分行的文字"，学者们普遍把它视为"非诗化"的诗，做出诸如"散文诗""散文式形制""不分行诗歌""诗文""片段书写"或"跨文体写作"等不同的命名。在我看来，这主要因为它们出现于昌耀被认为是一位大诗人（昌耀的代表作是完成于 1981 年的《慈航》，而不是"不分行的文字"）之后，如果它们是由一个散文家写的，这些命名就不会出现了。因此，我认为不如把昌耀后期"不分行的文字"直接看成散文。把这种现象和张枣的诗比较，就会看得更清楚。张枣非常注重并一直坚持诗歌形式，他认为在"尚未抵达形式之前"（《天鹅》），一个人不仅不能成为诗人，而且会处于表达的痛苦中。事实上，张枣诗中也存在着跨文体性，但他常以对话方式实现内在的综合，这样既不突破分行，也保证了诗歌形体的规整。因此，张枣的现代汉诗获得了优雅完善的形式感。

第三，昌耀与张枣诗歌语言的不同风格。从语言资源来看，昌耀偏爱古语，整理过青海民歌《花儿与少年》，并在创作中注重吸收民歌语言，对国外诗歌也很熟悉，但他不懂外语。而张枣精通德、英、俄、法等多种外语，著有学术著作《1919年以来中国新诗对诗性现代性的追求》（德文），主编《德汉双语词典》，译作《最高虚构笔记：史蒂文斯诗文集》（与陈东飚合译）、《张枣译诗》。其名作《镜中》《何人斯》也体现出衔接与转化中国诗歌传统的非凡成就。总体来说，昌耀的诗歌语言厚重强硬，阳刚有力；张枣的诗歌语言轻逸妩媚，阴柔甜美。

至于造成昌耀与张枣诗歌语言差异的成因，可从所受教育、身份性格与现实生活三个方面进行考察。从教育背景来看，昌耀只读到中学，尽管后来也接受过其他零星教育，但基本上是个自学成才的诗人；而张枣接受的是完善的现代教育：本科（湖南师范大学英语系）、硕士（四川外国语学院英美文学专业）、博士（特里尔大学文哲专业），随后在德国图宾根大学与河南大学、中央民族大学任教。长期的学院背景使他成为一个学者型诗人，气质阴柔，后期比较颓废。和张枣相比，昌耀的军人、"犯人"等多种身份强化了他的男人本色和英雄品格。殊途同归，他们最后都成了癌症病人，但仍有不同：昌耀选择了自杀，张枣死于疾病。

诗歌语言是现实的对应物，诗人采取什么样的语言与形式最终取决于他们的现实生活。在翻译张枣诗歌的过程中，顾彬慨叹张枣是中国 "20 世纪最深奥的诗人"①。从表面来看，造成张枣的诗深奥的原因是他对现实的高度内化，以及追求陌生化的结果；从根本上说，是因为张枣的生活狭窄单调，促使他只能向内心开掘，致力于纯诗与元诗写作；相对来说，昌耀的生活不仅复杂多变，而且其命运几乎被苦难贯穿，这就决定了他不可能像张枣那样讲究精致的形式，而是任由强大的现实力量突破以往的诗歌形式。可以说，巨大而深厚的现实感促成了昌耀的诗歌语言。

附　昌耀与张枣混合年谱②

1936 年 6 月 27 日，王昌耀出生于湖南省常德县城关大西门内育英街 17 号。父亲王其桂，母亲吴先誉，还有一个妹妹葛慧仙。妹妹于 2012 年去世。

1941 年（5 岁），昌耀入王家宗祠（后更名为尚忠小学）读初小。

1950 年 4 月（14 岁），昌耀考入中国人民解放军第 38 军

---

① ［德］顾彬：《综合的心智》，见《作家》1999 年第 9 期。

② 昌耀与张枣生前可能没有进入彼此的视野，但他们有近四十年的重叠期，可谓同代人。本年谱先昌耀后张枣（括号中出现两个年龄时，前一个年龄均指昌耀）。

114 师政治部文工队。

1951 年，昌耀的母亲去世，享年 40 岁。

1953 年 6 月（17 岁），昌耀在朝鲜元山前线遭空袭负伤，被诊断为"脑颅颞骨凹陷骨折"，成为三等乙级残废。开始发表作品《人桥》（《上海文化》1953 年 2 月）。

1954 年 4 月（18 岁），昌耀在《河北文艺》1954 年 4 月号首次发表诗歌《你为什么这般倔强——献给朝鲜人民访华代表团》。

1955 年 6 月（19 岁），昌耀赴青海西宁参加大西北开发建设，任青海省贸易公司秘书。

1956 年 4 月（20 岁），昌耀加入中国作家协会西安分会；6 月，调入青海省文联任编辑，兼任《青海文艺》（后更名为《青海湖》）创作员。

1957 年 8 月（21 岁），《青海湖》第 8 期刊登昌耀诗歌《林中试笛》（二首）。

1962 年 12 月 29 日，张枣出生于湖南长沙。父亲张式德。夫人李凡，有两个儿子张灯、张彩。

1967 年（31 岁），昌耀父亲王其桂去世。

1973 年 1 月 26 日（37 岁），昌耀与杨公保的三女儿杨尕三结婚，年底长子王木萧出生。

1975 年（39 岁），昌耀长女王路漫出生。

1977 年（41 岁），昌耀次子王俏也出生。

1978 年（16 岁），张枣考入湖南师范大学英语专业。其间开始写诗。

1979 年 3 月（43 岁），昌耀重返青海省文联工作。

1981 年 12 月（19 岁），张枣开始发表诗《红叶》（《年轻人》第 6 期）。

1982 年（20 岁），张枣毕业后在湖南株洲工业学校任教。

1983 年（47 岁，张枣 21 岁），昌耀获得专业作家编制；张枣考入四川外国语学院读研究生，与诗人柏桦、钟鸣、欧阳江河、翟永明结成"巴蜀五君子"。

1986 年（50 岁，张枣 24 岁），《昌耀抒情诗集》出版，并召开作品研讨会。张枣赴德留学，在特里尔大学攻读博士学位；与在四川外国语学院的德国女教师达玛结婚。

1988 年（52 岁，张枣 26 岁），昌耀当选青海省作协副主席。张枣与达玛分开。

1989 年（53 岁），昌耀与杨尕三分居。

1990 年 6 月（54 岁，张枣 28 岁），昌耀任西湖诗船大奖赛评委，初识卢文丽（1968—   ）。《今天》杂志在海外复刊，张枣任诗歌编辑。

1992 年 11 月（56 岁），昌耀离婚，与吴雅琴（1950?—   ）相恋。住在作协办公室，后迁至文联摄影家协会，直至去世。

1994 年 8 月（58 岁），昌耀诗集《命运之书》出版。

1995 年（33 岁），张枣在图宾根大学任教。

1996 年（60 岁），昌耀诗集《一个挑战的旅行者步行在上帝的沙盘》出版。

1997 年 8 月（61 岁），昌耀与王阿娘结合，8 个月后分手。10 月，昌耀随中国作家代表团访俄罗斯。

1998 年 12 月（62 岁，张枣 36 岁），昌耀被评为国家一级作家。《昌耀的诗》出版。张枣诗集《春秋来信》出版，收诗 63 首，译诗 21 首。

1999 年 10 月 12 日（63 岁，张枣 37 岁），昌耀被确诊为腺性肺癌。顾彬将《春秋来信》译成德语，由 Heiderhoff Publications 出版。

2000 年 2 月 8 日（64 岁，张枣 38 岁），昌耀获"中国诗歌学会诗人奖"；3 月 23 日晨，跳楼自杀。4 月 1 日，其骨灰安葬于故乡桃源县三阳镇王家坪村。7 月，《昌耀诗文总集》由青海人民出版社出版（2010 年 10 月，其增编版由作家出版社出版）。张枣与宋琳合编的《空白练习曲》由香港牛津大学出版社出版。

2000 年 7 月，董生龙编《昌耀 阵痛的灵魂》由青海人民出版社出版。

2001 年（39 岁），张枣论文《朝向语言风景的危险旅行——当代中国诗歌的元诗结构和写者姿态》发表于《上海文学》第 1 期。

2005 年（43 岁），张枣回国任教于河南大学。

2007 年（45 岁），张枣调入中央民族大学文学与新闻传播学院。

2008 年 6 月，燎原著《昌耀评传》由人民文学出版社出版；2016 年 3 月，其修订版由作家出版社出版。

2009 年 3 月（47 岁），张枣与陈东飚合译的《最高虚构笔记》出版。7 月，张枣主编的《黄珂》出版。年底，张枣被诊断为肺癌晚期。

2010 年 3 月 8 日（48 岁），张枣病逝于德国图宾根大学医院。5 月，译作《月之花》《暗夜》出版。7 月，《张枣的诗》（颜炼军编选）出版。9 月，《亲爱的张枣》（宋琳、柏桦编）出版。12 月，张枣诗歌奖由柏桦、康夫设立，每年 3 月 8 日颁发。

2012 年，《张枣随笔选》（颜炼军编选）出版。2018 年，扩展版《张枣随笔集》出版。

2015 年，《张枣译诗》（颜炼军编选）出版。

2015 年 4 月，肖涛著《西部诗人昌耀研究》由上海三联书店出版。

2016 年，昌耀诗歌奖设立，两年颁发一次。

2018 年 1 月，程一身编《钟声回到青铜：昌耀诗选》由河南文艺出版社出版。

2018 年 4 月 28 日，张枣诗歌研讨会在长沙召开。

2018 年 6 月，张光昕著《昌耀论》由作家出版社出版。

2018 年 11 月 16 日至 20 日，昌耀诗歌研讨会在常德召开。

2019 年 5 月，燎原编《我从白头的巴颜喀拉走下：昌耀诗文选》由广西师范大学出版社出版。

2019 年 11 月，赵飞著《张枣诗歌研究》由社会科学文献出版社出版。

2020 年 7 月,《高车:昌耀诗歌图典》由青海人民出版社出版。

2020 年 8 月,程一身编《冷太阳:昌耀的诗》由百花文艺出版社出版。

2021 年 3 月,《张枣诗文集》(颜炼军编)由四川文艺出版社出版。

2021 年 7 月,张颖著《昌耀年谱》由中国青年出版社出版。

2022 年 2 月,张颖编《怀春者的信束——昌耀研究集》由华文出版社出版。

第二章　昌耀的诗歌语言剖析

2018 年 11 月 17 日，在昌耀诗歌研讨会上，王家新提出"昌耀体"的概念，引起广泛回应和高度认同。随后他写了一篇文章《论昌耀诗歌的"重写"现象及"昌耀体"》，发表在《文学评论》2019 年第 2 期上，文中对"昌耀体"做了以下归纳："在当代诗歌史上，昌耀最重要和独特的，是形成了一种和他的全部美学追求相称的语言文体，这种孤绝超拔、具有'新古典'性质和青铜般色调的文体，可以称之为'昌耀体'。"①本章从词法、句法和章法三方面分析昌耀的诗歌语言特色，某些地方或许会与"昌耀体"形成呼应。

---

①　王家新：《论昌耀诗歌的"重写"现象及"昌耀体"》，见《文学评论》2019 年第 2 期。

第一节 昌耀诗歌的词法

1. 昌耀诗歌的词法问题

这里所说的昌耀诗歌的词法，是指他在诗歌创作中常用的几种倾向：扭词倾向，古语倾向，大词倾向。后两种倾向放在下面的章节来谈，这里先分析一下扭词倾向。所谓"扭词"是我模仿昌耀诗中的某些词语生造的，就是不使用字典里的词或前人现成的词语，而是将某些字强行扭结在一起，以表达某种独特的景象或感受，或取得凝练的效果。应该承认，扭词，甚至包括扭句，体现了昌耀的创造性，是形成其语言风格的重要动力，但也有的地方让人感到别扭，甚至莫名其妙。也就是说，他的作品中也存在着失败的创新。

本书主要细读昌耀的代表性作品，以提炼对其他诗人有益的创作经验，对扭词这种负面性的组词方法只能举几个例子。比如《鹰·雪·牧人》（1956 年），如果换其他诗人，这个题目可能是《鹰、雪、牧人》，而昌耀就要用这种少见的间隔号。在这首诗中，有"翼鼓"这个词：

鹰，鼓着铅色的风

从冰山的峰顶起飞，

寒冷

自翼鼓上抖落①

"翼鼓"是一个词吗？如果是一个词，它是什么意思？如果不是一个词，这个句子显然又读不通。所以，只能把它当成一个词。值得注意的是，这首诗的第一行中也有一个"鼓"字，是个动词。而最后一行中的"鼓"只能视为名词，我想它试图传达的意思大概是鹰的翅膀像鼓一样，还是翅膀的鼓面？在《风景》（1957 年）中，有这样的句子：

牧人说：我们驯冶的龙驹

已啸聚在西海的封冰②

"驯冶"是一个词吗？读昌耀这个靠自我教育成长起来的诗人有时不免让我怀疑自己的语文水平。如果说"翼鼓"我还能结合诗歌的语境勉强做出解释，但这个"驯冶"我实在不知道如何理解，或许它应该是"驯治"，一个错别字或印刷错误？这句诗中还有一个词"封冰"，这才是昌耀的常用词法，"封冰"就是封冻的冰，如果其他诗人表达这个意思，可能是这样的：

---

① 昌耀：《鹰·雪·牧人》，见《昌耀诗文总集》，作家出版社 2010 年，第 2 页。

② 昌耀：《风景》，见《昌耀诗文总集》，作家出版社 2010 年，第 16 页。

"我们驯治的龙驹已啸聚在西海的冰上"。"封冰"这样的词似乎提供了更多信息，但其实并不必要，这句诗意其实已经包含了冰是封冻的，否则怎么能承载龙驹呢？昌耀这样组词的理由是既想使意象密集又想凝练，结果是有些拗口。估计是昌耀太喜欢"千里冰封，万里雪飘"这个句子了，所以把它做了颠倒引用。

"天黑了，是你汩汩泉籁指引了病热的我。"① 这是《给我如水的丝竹》（1962 年）中的一句。"泉籁"是一个词吗？后一个字是否应该为"籁"，毕竟古人有"四合山复山，泉籁音响哗"（苏籀《大坞山寺》）之句。

《断章》（1962 年）中有这样的句子："那只名叫天禄的石兽面带悻悻笑意，嘲弄我对你的红爱出于迂执……"② "红爱"是什么意思？红色的爱，还是红色生活中的爱？《群山》（1957 年）中确实有"我们红色的生活"这样的表达，有黑爱吗？能用色彩词修饰"爱"吗？这样的词显然表意不明。

这是我从昌耀诗中选取的几个比较负面的例子。诗人创新词语是应该肯定的，但创新不能以损失表达的准确为代价，词不达意不是创新，而是基本功不够。强行扭结不免显得生硬，影响表达效果。而且创新的结果要能被读者理解，读者能否理解，这是衡量作者创新成功与否的主要标准。只有被理解的东

①　昌耀：《给我如水的丝竹》，见《昌耀诗文总集》，作家出版社 2010 年，第 49 页。

②　昌耀：《断章》，见《昌耀诗文总集》，作家出版社 2010 年，第 50 页。

西才有可能被继承，进而融入现代汉诗的传统。我看重的是语言晓畅而意旨丰富，甚至神秘的作品——就像《慈航》那样的作品。

2.《斯人》：孤独诗人的古语倾向

斯人

静极——谁的叹嘘？

密西西比河此刻风雨，在那边攀援而走。
地球这壁，一人无语独坐。

1985. 5. 31①

这首诗的题目是"斯人"，它的篇幅是由三行两节组成的，最后一行是写作的具体时间。三行两节的篇幅在现代汉诗里是极短的，但这首诗在昌耀作品中的分量很重，是他的一首代表作。

先来看题目，因为一首诗歌的题目很重要。这个题目"斯人"用白话来说就是"这个人"。用"斯人"而不用"这个人"

---

① 昌耀：《斯人》，见《昌耀抒情诗集》，青海人民出版社 1988 年，第 186 页。

体现出一种文言倾向。现代汉诗最重要的一个特点是用白话文写作，昌耀却特别喜欢用文言词，从这个题目就可以看出来。用"斯人"有什么好处呢？第一，"斯人"和"诗人"的读音基本上是一样的，所以这个题目就暗示了诗人这个群体。如果用"这个人"的话，就无法与诗人形成对应关系。第二，熟悉中国古典文学的人都知道有一些名句用了"斯人"这个词，比如"斯人独憔悴"出自杜甫写李白的一首诗，就是说李白很有才，但生活得很落魄、很孤独。范仲淹的《岳阳楼记》里也有一句非常有名的话："微斯人，吾谁与归？"表达的是知音主题。昌耀用"斯人"作为这首诗的题目就激活了"斯人独憔悴""微斯人，吾谁与归"这两个名句，回应了这两个名句里的孤独和知音主题。

下面我来分析"斯人"这个题目在作品中的对应词。先找一下作品中的人称词。第一节里有一个"谁"，"谁"是一个疑问人称代词，"谁"跟"斯人"是一种什么关系？这个"谁"是不是"斯人"？第三行有一个"一人"，用的不是"一个人"，而是"一人"，也有文言倾向。这个"一人"跟"斯人"是什么关系？另外，第二行里没有人称代词，但是有人在活动，是无人称的一个人"在那边攀援而走"。

现在我来对应一下题目中的"斯人"和作品里的人称词。写诗其实就是写自己，尽管有时在写别人，其实最终可能还是在写自己，或者把别人写成自己。昌耀这个作品其实是在写自己，这是无疑的。所以我刚才分析他用"斯人"而不用"我"，这是现代汉诗非常重要的一个写法。古代诗人写到自己时往往直接用"我"这个词，如李白的"天生我材必有用"，但现代诗人写"我"的时候，有时会把"我"转化一下，不直接写"我"，而是跳出自己来写自己，跟自己拉开距离。"斯人"这个作品就是在写自己，但没有用第一人称代词"我"。

关于这首诗里出现的"斯人""一人"和"谁"这些代词，我可以明确地说，最后一行的"一人"就是"斯人"，都是指"我"。这个"谁"很难确定，可以理解为"我"，但它有不确定性，不像"一人"那样确定，总体上应是以对应"我"为主的一个疑问代词。第二行里是一个没有人称的人，我认为这个人不可能是"我"。因为这里有一个地点的转移。密西西比河是美国的一条河。昌耀只去过两个国家：早年去过朝鲜，晚年去过俄罗斯。他没有去过美国，他写密西西比河肯定是一种想象，所以在密西西比河活动的这个人肯定不是"我"，这是一种想象性的笔墨。

我对应性地分析了这首诗里的人称词以及它们和题目的呼应性。在理解一首诗歌的时候，如果用细读法来分析的话就是这样一点一点对应的，这非常有效。细读法贵在细，对词语做关联性的分析。所以我刚才集中分析了代词：题目中的代词，诗歌中的代词，还有题目中的代词和诗歌中的代词之间的关系，它们大多是作者的化身，是以旁观者的身份在观察自己。这是我说的第一点：对代词的分析。

下面分析这首诗的空间。这个作品的空间非常开阔，由两个词体现出来，一个是"密西西比河"，另外一个是"地球这壁"。"地球这壁"就是地球这边，换句话说，密西西比河就是地球那边，因为地球是圆的，可以分成这壁和那壁。为什么昌耀要用"地球"这个词？它体现了一种宇宙意识，千里、万里都是小空间，地球是一个更大的空间，我们人就生活在这样一个空间里面。这首诗写了地球这边和地球那边，把整个地球都写完了。这就意味着空间是非常大的。这个空间的大跟昌耀作为一个诗人的大其实是对应的。在这两个广大的空间里体现出一种对应，地球这边是"一人"，是"我""无语独坐"，"无语"与"静极"对应，"独"与"一"对应，"坐"是一个动词，与地球那边的"走"对应。这个作者的想象力穿越了地球，他生活在地球这边，却想到了地球那边的人是怎么生活的，这就是诗人想象力的体现。这个作品的主题就是"独坐"，一个人坐在无边无际的地球上。昌耀生活在西北高原，西北高原的空间是非常开阔的。空间越大越能反衬出个人的渺小和孤独感。所以我觉得他写出了一种在无边无际的空间里个人的孤独感。

这个作品的空间充满了张力。地球这边是"我"对自己的一个实际写照，地球那边是想象，二者构成虚实张力。凡是写诗或读诗比较多的人都知道诗人写作不完全靠写实，而是把写实跟想象结合起来，想象是虚的部分，所以这里体现了虚拟的想象跟实际生活的对应或并存，用别人的行走来反衬自己的宁静。回过头来看第一句就会更清楚这个意思。第一句里就包含张力，中间是个破折号，破折号两边的意思是相反的，"静极"和"叹嘘"形成对比。"叹嘘"也是一个文言词，就是叹息的意思。不管"叹嘘"是来自"我"还是来自其他人，它都是一种声音。中国古代诗歌常用动静结合，声音是运动的结果，王维在他的诗歌里就常用鸟叫或其他声音来突出安静。这个作品也是一样的效果，用一个人的叹息声来反衬这个地方的安静。这个叹息声可能是"我"发出的，如果理解成他人也可以。作者没有用"我的叹嘘"，故意设置了一种不确定性，因为诗歌中的不确定性可以激发读者的想象力，增强作品的美感，如果一切都是确定的，美感程度反而会降低。所以这里的重点并非这个叹息声是谁发出的，而在于它是一种声音，这种声音跟安静形成了对比，反衬了这个空间的安静。所以这个作品在一个巨大安静的空间里呈现出一人无语独坐的场景。孤独这个主题并不新鲜，很多人都写过，关键是作者怎样把别人写过的主题结合自己的生活用另外一种方法把它写出来。这个作品写的孤独感给人启发的地方在于，它为孤独感营造了一个巨大安静的空间，其他相关作品可能没有这个作品写得这么大气。

诗歌是一种高度凝缩的艺术样式，在有限的词语中营造出丰富的内涵。刚才我从代词分析、空间结构、动静结合、虚实结合等方面分析了这个作品的艺术性。最后我说一下这个作品为什么分成两节。在诗歌中，每一节都是一个独立的单位，这就意味着第一节是一个独立的单位，它集中呈现了声音与安静的整体对比效果。第二节的第一行"密西西比河此刻风雨，在那边攀援而走"突出声音，与"叹嘘"呼应，第二节的第二行"地球这壁，一人无语独坐"突出安静，与"静极"呼应，也就是说，第二节其实是对第一节的分写，或者说是对第一节的对应性地展开。第二节的第一行那么长，为什么不分成两行呢？因为它强调诗行意思的整体性，所以把声音和声音所在的位置放在了一行里，而不是把它们割裂开来。中国古诗注重成双成对，三行的诗很少。昌耀这样处理诗行和诗节体现了现代性。

总体来说，《斯人》这首诗在一个巨大的空间里塑造了一个孤独静默的诗人形象。诗中使用了一些文言词，如"斯人""叹嘘"等，将古典气息引入现代表达，这种文白词语夹杂的处理使此诗达到了古典性与现代性的融合，取得了遣词凝练而诗意丰厚的效果。同时，作者在这首诗中使用古语也是它的孤独主题带来的一个结果，这个结果又强化了孤独主题：他在当代找不到朋友，只有去古代寻找。因此，《斯人》应该是昌耀使用古语的发端之作，至少是使用古语的初期作品。如果从《昌耀诗文总集》来看，《寄语三章》中就出现了古语："而于瑞气鳞光之中咏者歌者并手舞足蹈者则一河的子孙"，这显然是十分复杂的古语和古文句法，使用古语应该有个过程，不可能一开始就这么复杂。也就是说，这首诗后面标注的日期"1957. 11. 26"并不可信。查昌耀出版于 1986 年的第一本诗集《昌耀抒情诗集》，其中并没有这首诗，到 1994 年出版的《命运之书》才收入此诗。由此可见，这应该是他九十年代修改的结果。昌耀早期其他出现古语的诗歌也可如此看待。

至于昌耀在《斯人》中使用古语的原因，一方面是孤独的诗人从诗歌传统中寻找知音的结果，另一方面应该是受了 20 世纪 80 年代中期寻根文学的影响。20 世纪 80 年代初，受拉美文学影响，中国文学界出现了文化寻根的热潮。1984 年，李陀第一次提出"寻根"这个词，1985 年，韩少功发表《文学的"根"》，成为寻根文学的宣言。对昌耀诗歌中的"古语"使用，骆一禾给予了充分肯定。他在《太阳说：来，朝前走》（1988 年）中最早提出昌耀诗歌的"古语特征"："昌耀所大量运用的、有时是险僻古奥的词汇，其作用在于使整个语境产生不断挑亮人们眼睛的奇突功能，造成感知的震醒，这与他诗化精神的本色是直接相关的，他不仅用内涵来表述'在路上'的精神内容，也用'古语特征'造成的醒觉、紧张与撞击效能来体现精神的力道，这种诗学里所说的陌生化或戏剧美学里说的间隔效果，指认了、突出了'听候召唤：赶路'的艰重与振奋，那种更高原则的震慑，使他的诗歌具有一种崇高、凛然、镇定的美感，如同一个置放在空间里并占据空间的雕塑。"① 在《昌耀诗文总集》的代序《高地上的奴隶与圣者》中，燎原认为"古奥和滞涩是昌耀诗歌语言标志性的特征"②；西川认为昌耀使用此种语言"强化了他作为独语者的形象"，并使他的诗获得了"坚硬的封闭性"，从而实现了对新诗的偏离。③ 这是对昌耀诗歌"古语特征"的认同派，另一派则是质疑或否定，质疑者以洪子诚与刘登翰为代表："为了凸现质感与力度，他的诗的语言是充分'散文化'的。……常有意（不免过度）采用奇崛的语汇、句式，并将现代汉语与文言词语、句式相交错，形成突

<hr>

① 骆一禾、张玞：《太阳说：来，朝前走》，见《昌耀 阵痛的灵魂》，董生龙主编，青海人民出版社 2000 年，第 73-74 页。

② 燎原：《高地上的奴隶与圣者（代序）》，见《昌耀诗文总集》，作家出版社 2010 年，第 29 页。

③ 西川：《昌耀诗的相反相成和两个偏离》，见《大河拐大弯》，北京大学出版社 2012 年，第 111 页。

兀、冲撞、紧张的效果。"① 否定者以马丁为代表："昌耀先生选择的语言形式最主要的特征是重新组装和启用了一大批早被淘汰的文言词汇……昌耀先生的某些组装，是否合乎汉语语法，值得商榷。"②

需要注意的是，骆一禾对昌耀诗歌"古语特征"的赞许是1988 年的事，而昌耀诗歌语言的来源和具体构成在不同时期是有变化的。从《昌耀诗文总集》收入的作品来看，昌耀诗歌的早期作品和中期作品（大体上是他第一本诗集《昌耀抒情诗集》中的作品）是混杂的。这主要是由于昌耀出版诗集较晚，在出版诗集前，昌耀对早期诗歌进行了修改，致使他的某些根据标注属于早期诗歌的作品比中期作品还成熟。本书无意对此加以具体考证，但从《昌耀诗文总集》现在给出的作品编年来看，语言上极其成熟的作品后面又出现了语言相对粗疏的作品，这显然不是昌耀诗歌创作的真实轨迹。

真实的轨迹可能是，昌耀的早期诗以民歌语言为主，他毕竟编过《花儿与少年》："此后我又一次决然弃学（原可报考人民大学），而以生活为大学，以社会为课堂，于1955 年 6 月响应'开发大西北'号召，来到了青海，时年十九岁。那年秋，我以青海题材写作的组诗《高原散诗》发表在东北大区的《文学月刊》，随后《青海文艺》创刊号发表了我的组诗《鲁沙尔

---

① 洪子诚、刘登翰：《中国当代新诗史》（修订版），北京大学出版社 2005 年，第 142 页。

② 马丁：《昌耀的悲剧》，http：//blog.sina.cn/s/blog _ 4e54912701000aqi.html.

灯节速写》。翌年 6 月，我由青海省贸易公司秘书岗位调入青海省文联任创作员、编辑。独立完成的第一项工程是编选了青海民歌集《花儿与少年》，于今想来仍不无得意，以为书名本身就已是一个'创举'，暗喻此书收录的是'情妹妹与情哥哥'对唱的情歌。这个书名后来被某歌舞团命名一组民间歌舞。此书由青海人民出版社出版（责任编辑程波德）。"①《边城》（1957年）应该是此类作品的代表作。1964 年的那三首诗《听涛》《行旅图》《碧玉》估计是原貌，属于民歌加古典的诗风，这种诗风一直延续到 1967 年的《海头》。写于 1978 年的《秋之声》（其一），又有郭小川的诗风，全诗一韵到底，这在昌耀的诗中非常少见，押韵是昌耀早期诗的特点。

《昌耀诗文总集》增编部分的诗歌其实最能体现昌耀诗歌创作的轨迹，尤其是 1956 年至 1964 年间的作品，体现了昌耀早期的语言风格与诗歌水平。其中，50 年代的诗都是四行一节，语言是典型的民歌体："喝奶要喝母亲的奶/亲娘的奶叫人身强智慧开/买马要买草原上的马/草原上的骏马人人爱。"② 而在总集里，这时期的诗只有《林中试笛》是四行一节，其他的诗应该都有修改。《栈道抒情——拟"阿哥与阿妹"》（1963 年）同是民歌风，语言比《边城》幼稚很多。《祁连雪》（1964 年）不仅是古典体，而且是对《忆秦娥·娄山关》的幼稚模仿，最后几

---

① 昌耀：《一份"业务自传"》，见《昌耀诗文总集》，作家出版社 2010 年，第 856 页。

② 昌耀：《牲畜交易手》，见《昌耀诗文总集》，作家出版社 2010年，第 795 页。

句是"战士脚下，/都是路；/几架大山，/从头越"。①

　　大概是从《高车》《斯人》以后，昌耀在诗中逐渐融入了古语，到20世纪90年代越来越古语化，并扩展到古文句法的使用，而骆一禾在1989年就去世了，对昌耀诗歌语言的后来变化缺乏相应的跟踪评价。所以不能把骆一禾的观点视为对昌耀所有作品的判断。在我看来，对昌耀诗歌的"古语"倾向不应一概而论，而应具体分析。他早期有古语倾向的作品也并非全都达到了骆一禾所说的那种积极的效果。他的后期作品也有古语使用效果较好的。总体而言，我觉得昌耀早期的诗歌语言就像气体，稀松流畅，中期出现古语倾向后，其诗歌语言就像黏稠的液体，晚期的诗歌语言就像致密的固体，如果该诗又侧重于议论，绝对是失败之作。像《意义的求索》（1995年）就是如此。必须看到，昌耀的巅峰之作是《慈航》，那时他的诗歌尚未出现古语倾向。这表明昌耀转向古语并未能从根本上提升他的诗歌艺术水准。

3.《高车》中的巨人形象与大词倾向

高车

　　从地平线渐次隆起者

---

　　①　昌耀：《祁连雪》，见《昌耀诗文总集》，作家出版社2010年，第805页。

是青海的高车。

从北斗星宫之侧悄然轧过者
是青海的高车。

而从岁月间摇撼着远去者
仍还是青海的高车呀。

高车的青海于我是威武的巨人。
青海的高车于我是巨人之轶诗。①

这首《高车》诗后标注"1957.7.30 初稿，1984.12.22 删定并序"。其序如下：　"是什么在天地河汉之间鼓动如翼手？……是高车。是青海的高车。我看重它们。但我之难于忘情它们，更在于它们本是英雄。而英雄是不可被遗忘的。"从诗和序来看，都是有古语倾向的，甚至还有古文句式：　"者""于""之"都是结构词语或句子的词。这表明 1984 年底的昌耀就已经开始古语化了。高车是一种古老的劳动工具，运用古语可以突出它的历史感，取得了很好的效果。

除了古语以外，这首诗中还出现了大词："巨人"，这个词应该是首次出现在昌耀的诗中，此后还会反复出现，是昌耀诗

① 昌耀：《高车》，见《昌耀抒情诗集》，青海人民出版社 1986 年，第 2 页。

歌中最有代表性的大词。在这首诗中，作者把青海的高车比拟为巨人，并把它和英雄联系起来，从而在高车、巨人和英雄之间画了等号。题目中的"高"、诗中的"威武"都是对"巨人"的强化。作者还用空间衬托它的高大，在"天地河汉之间"，下面是地平线，上面是北斗星宫，可谓顶天立地，还把它放在漫长的时间里刻画它远去的背影，这与前面"隆起"的向上、"轧过"的向下构成了一个三维的立体方向。可以说为这位"巨人"营造了非常相称的空间背景。

从章法上来说，这首诗两行一节。它的前三节均指向"青海的高车"，属于向心式句法。最后一节属于昌耀常用的对句，以"青海的高车"作为引领词，属于离心式句法。这两种方向相反的句子如同高车车轮中的辐条，将这首诗撑得异常圆满。而且，不同于前三节的直接描摹，最后一节是从"我"和高车的关系来写的，突出高车在"我"眼中的形象，就是"巨人"。不过，最后一节的引领词并不相同，一个是"高车的青海"，一个是"青海的高车"，这样的颠倒在某种程度上使这首诗出现了裂隙。"高车的青海于我是威武的巨人"，那就意味着青海是"巨人"，这个比喻缺乏基础，青海和"巨人"有何相似之处？难道仅仅因为它在高原上？更重要的是，把青海比喻成"巨人"与小序不符。因为小序中明确地说高车是"英雄"，也就意味着高车是"巨人"。而且，这首诗前三节写的都是"青海的高车"，而不是青海。所以，"高车的青海于我是威武的巨人"这一句不仅突兀，而且与小序和前三节形成了冲突。但它不足以颠覆小序和前三节中对高车的描述，所以至多可以称为一道裂缝。从这个意义上说，《高车》是一首分裂之诗，它的车轮或车身有一处是断裂的。

《高车》之后，巨人形象最突出的当数《河床》中的这个对句："他们说我是巨人般躺倒的河床。他们说我是巨人般屹立的河床。"此外，昌耀还写过《巨灵》（1984 年）、《牛王》（1985 年），这些都可以视为巨人的变体。正如昌耀所说的，《高车》中的巨人形象其实体现了他的英雄观念，这既和他本人的军人身份有关，也和那个时代的风气有关，如革命英雄主义、革命浪漫主义之类。昌耀晚年编选《昌耀的诗》时，对自己的一生做了有自知之明的总结：

> 这本选集没有收录我在 1953 年前后写作的诗稿是因感其稚拙。但此刻当我作如是观，倒是有了新发现，即：我从创作伊始就是一个怀有"政治情结"的诗人。当如今人们趋向于做一个经济人，淡化政治意识，而我仍在乐道于"卡斯特罗气节""以色列公社""镰刀斧头的古典图式"，几疑心自己天生就是一个"左派分子"……①

昌耀的"政治情结"如此突出，甚至一度把自己塑造成"无产者诗人"。昌耀的"政治情结"与大词倾向显然存在着密切联系。虽然不能说昌耀这些使用大词的作品假大空，但在

_____

① 昌耀：《〈昌耀的诗〉后记》，见《昌耀诗文总集》，作家出版社 2010 年，第 676 页。

《高车》中，他的确把所写的事物无限放大了。根据我的观察，昌耀的大词倾向直到《慈航》才得以调整。在《慈航》中，昌耀对自己的命运和所处的时代及地域做了恰如其分，甚至可以说是具体而微的呈现，某些诗节甚至具有显微镜一般的效果。

> ……沿着河边
>
> 无声的栅栏——
>
> 九十九头牦牛以精确的等距
>
> 缓步横贯茸茸的山阜，
>
> 如同一列游走的
>
> 堞堡。

在这里，诗人把牧人与牦牛这种极具西部特色的动物放在一起来写，这些牦牛如同牧人的卫兵，它们高大的身影随时出现在牧人身边，步伐稳健，步距精确，如同"一列游走的堞堡"，"堞堡"一般写作"堡堞"，意思是碉堡。更精彩的是它们"缓步横贯茸茸的山阜"，"茸茸"把山上的草木都写出来了，可谓精细至极。这意味着他对大词倾向的部分克服。事实上，大词倾向一直存在于昌耀的诗中，因为他始终是一个具有崇高理想和英雄情结的诗人，而这在诗歌中必然体现为大词。如《大潮流》（1984 年）中的"光明的大潮"，《忘形之美：霍去病墓西汉古石刻》（1985 年）中由石雕的盛大体悟到的"大灵魂"，以及《和鸣之象》（1985 年）中的"大野堂奥简古深邃""大道似光瀑倾泻"，如此等等。

第二节　昌耀诗歌的句法

1. 昌耀诗中的常见句式及其语气

据说昌耀有些口吃，敬文东为他写的评论题目就是《对一个口吃者的精神分析》，但他在诗歌中常常是雄辩的：

有雄辩之欲望。

有亟亟于报国用世之心，
有切切于求贤问聘之思，
有信息断绝的忧愁、悔恨、狂怒，
在履险临危之无惧，
有开路建碑筑亭之歆羡，
有金元拜物之可疑，
有精力待挥霍净尽之傻念，
有蒙诟病之虞。

在雄辩之欲望。
呀呀呼——

到处是人欲情声。①

　　这是《雄辩》（1985.3.6 元宵节随感）的第 1 章，之所以把它完整抄下来，不是因为它写得多么好，而是因为它最能揭示昌耀的雄辩与排比句的关系。昌耀真是一个排比句的超级爱好者，对他来说，几乎是无排比不成诗，在动情时，他的排比瘾是不可遏止的。昌耀的排比大体上有三种类型，一种是局部排比，像《雄辩》中的这一章。一种是整体排比，即一首诗全部是排比，像《金色发动机》《牛王》《穿牛仔裤的男子》都是如此，事实上，这种整体排比已经构成了章法，由题目中的词或词组引领不同句子，向四面八方辐射：

　　　　金色发动机永无休止永不退却。
　　　　金色发动机怀着焦躁不安的冲动
　　　　像一只拨水的金色鲸被涌起的岑寂吞没。
　　　　金色发动机迫降，绕过屋宇寄居的礁石
　　　　在无底的岑寂中抗拒：
　　　　既不能在岑寂中泯灭，
　　　　也不能自岑寂中超脱。
　　　　金色发动机如熊蜂蜂团冒着热气升空，
　　　　嗡嗡卷起一溜螺旋，

----

　　①　昌耀：《雄辩》，见《昌耀诗文总集》，作家出版社 2010 年，第 266 页。

若远若近，若有若无，若虚若实，若隐若现，若即若
　离……
金色发动机永不妥协。

1986. 8. 2①

这首《金色发动机》以五个"金色发动机"引起全诗，首
先是"金色发动机永无休止永不退却"，这里写的是机器，但分
明也是一个人；又说"金色发动机怀着焦躁不安的冲动"，这不
是在写一个人的心理吗？接下来分别写金色发动机的迫降与升
空，最后写"金色发动机永不妥协"，可以说，昌耀就是这样一
台为诗歌运转的"金色发动机"。

还有一种是在排比中套排比，正在以这个词引领排比，突
然又会变成另一个词引领。如《冰湖坼裂·圣山·圣火》（1991
年）中的以下诗句，整体上以"他感到"引出排比，其中又有
以"一种"引起的排比句：

他感到一种快乐得近于痛楚的声音。

他感到一种痛楚得近于快乐的声音。

一种窸窣一种火花切割之声。一种传感。

一种为硬笔在纸上疾书的声音。

---

① 昌耀：《金色发动机》，见《命运之书》，青海人民出版社 1994
年，第 179 页。

如同指甲划过平板玻璃引起的心底痉挛。

他感到一种不很锐利的呻吟在穿透宇宙。

他感到大浪拍来如肉芽冲决满湖痂瓣，如花冠丛丛。

他如何分辨呻吟的痛苦或呻吟的快意！

他如何免于浅薄的自作多情？

他感到一种火的战栗，一种酒的苏醒，一种踢踏舞步，

一种飘然放大的笑容，一种拥抱，

一种扁平如筏的放射

凌空切入灵魂一扫而过印象深刻，

让他相信没有任何力量能够阻遏……①

昌耀诗中的排比可谓变化多端。它们主要用于两个方面：列举和抒情，相当于古代的赋和兴，排比的确增强了诗歌的力量和气势，富于雄辩性。但是，不能不说，昌耀的排比有时也存在着过度使用的嫌疑。过度使用排比会让人感到空洞，以至于厌倦。

回到《雄辩》这首诗，中间一节全是排比，列举式的排比，这样的句子多一个少一个其实都无关紧要，因为都是对当时心情的铺陈。不过，其中有一句"在履险临危之无惧"，似乎打断了排比，但昌耀的排比欲实际上是不可打断的，所以我认为这个"在"应该是"有"。基于对昌耀的这种了解，我查阅了他

———————

① 昌耀：《冰湖坼裂·圣山·圣火》，见《昌耀诗文总集》，作家出版社 2010 年，第 481 页。

的早期诗集，在《命运之书》与《昌耀的诗》里，这个"在"的确是"有"。由此可见，《昌耀诗文总集》中对这首诗的处理是错误的。

不仅如此，最后一节中的"在"也应该是"有"，"有雄辩之欲望"，这才能与第一节呼应。其实，这是昌耀诗歌第二种常用的句式，暂且称为回环句，即开篇出现的一个句子，到结尾再次出现，形成呼应，有时中间也会出现，成为贯穿性的句子，而且可能是主题的主旋律。如：

> 是的，在善恶的角力中
> 爱的繁衍与生殖
> 比死亡的战残更古老、
> 　　更勇武百倍。①

在《慈航》中出现六次。"血酒一样悲壮"在《一百头雄牛》中出现三次。如此等等。事实上，《雄辩》这首诗中还有昌耀常用的第三种句式，即对句：

> 有亟亟于报国用世之心，
> 有切切于求贤问聘之思，

---

① 昌耀：《慈航》，见《昌耀诗文总集》，作家出版社 2010 年，第 106 页。

这种对句其实就是古诗中对偶句的现代变体，但不再注重平仄对仗押韵等一系列韵律要求，只是保持句子整齐或大致整齐。这种对句形式稳重，一般用来表达哲理性的观念，比较警策。如：

> 该出生的一定要出生！
> 该速朽的必定得速朽！①

> 我们不断在历史中校准历史。
> 我们在历史中不断变成历史。②

> 不是所有的人都能走到昆仑、念青唐古拉、巴颜喀拉、冈底斯。
> 不是所有的人都有缘分在茫茫原野邂逅。③

但《雄辩》中的这个对句仍是普通的列举。而且，这个对句是古语化的。从这首诗看，昌耀对周围热闹的人群非常不屑或不满，所以用古语与现代保持距离。

----

① 昌耀：《慈航》，见《昌耀诗文总集》，作家出版社 2010 年，第 119 页。

② 昌耀：《巨灵》，见《昌耀诗文总集》，作家出版社 2010 年，第 254 页。

③ 昌耀：《冰湖坼裂·圣山·圣火》，见《昌耀诗文总集》，作家出版社 2010 年，第 481 页。

这里面有个感叹词"呀呀呼","呀"在《高车》中出现过，一般用于直接抒情，在句子前面写作"啊"，在句子后面写作"呀"，有时也写作"啊"。这里统称为"啊"字句，是昌耀常用的第四种句式。在《听候召唤：赶路》中，昌耀甚至写了一行"啊"字，共十九个：

啊啊啊啊啊啊啊啊啊啊啊啊啊啊啊啊啊啊。

北去的白鹤在望月的络腮胡须如此编队远征。①

这不是诗人词语贫乏的证据，也不是对陈词滥调的肆意沿袭，而是诗人抒发内心激情的需要，也可以说是朝向心灵的编队远征。

还有一种昌耀常用的句式，《雄辩》这首诗中没有出现，就是"是"字句，用"是"把不同的事物连接起来，它们或具有相似性，或具有相关性。昌耀在用"是"字句时，一般会连续使用，构成排比。最突出的是《河床》。全诗从头到尾都是"我怎么样怎么样""我是什么是什么"，二者交织在一起，从而构成整体排比。《旷原之野》（1985 年）也是如此：

一切是时间。

时间是具象：可雕刻。可冻结封存。可翻检传阅诵读。

① 昌耀：《听候召唤：赶路》，见《昌耀诗文总集》，作家出版社 2010 年，第 394 页。

时间有着感觉。

时间使万物纵横沟通。

时间是镶嵌画。……①

最后一种昌耀常用的句式便是词句，就是以词为句，也包括以词组为句。鉴于昌耀后期创作了大量"不分行的文字"，这种词句显得更凝练。词在其他诗人的诗歌中也有，但后面往往用逗号，很少有人像昌耀那样在一个词或词组后面加句号，他这样做大概是出于强调。这样的词句有时还出现在诗歌题目里，如《雪。土伯特女人和她的男人及三个孩子之歌》。

2. 《良宵》：缺爱者的独语或对语

放逐的诗人啊

这良宵是属于你的吗？

这新嫁娘的柔情蜜意的夜是属于你的吗？

这在山岳、涛声和午夜钟楼流动的夜

是属于你的吗？这使月光下的花苞

如小天鹅徐徐展翅的夜是属于你的吗？

不，今夜没有月光，没有花朵，也没有天鹅，

我的手指染着细雨和青草气息，

---

① 昌耀：《旷原之野》，见《昌耀诗文总集》，作家出版社 2010 年，第 224 页。

但即使是这样的雨夜也完全是属于你的吗？

是的，全部属于我。

但不要以为我的爱情已生满菌斑，

我从空气摄取养料，经由阳光提取钙质，

我的须髭如同箭毛，

而我的爱情却如夜色一样羞涩。

啊，你自夜中与我对语的朋友

请递给我十指纤纤的你的素手。

1962.9.14 于祁连山①

这个作品的题目叫"良宵"。我查了一下，这首诗的写作时间 1962 年 9 月 14 日是农历的八月十六日，也就是说，写这个作品的前一天是中秋节，所以这个良宵指的是中秋节。中秋节给我们的印象是什么呢？首先是团聚，跟亲人团聚，对中国人来讲，中秋节的重要性可能仅次于春节，因为它意味着和家人团聚，如果不能和家人团聚，应该就是思念。而这个作品没有写跟家人团聚，也没有写思念，他写的是另一种跟中秋节有关的现象，就是爱情，所谓花前月下。

昌耀是 1936 年出生的，写这个作品的时候大概是 26 岁，当时他的母亲已经不在了，父亲和妹妹应该也没联系了，在这个

---

① 昌耀：《良宵》，见《命运之书》，青海人民出版社 1994 年，第 28 页。

作品里他对亲人的思念不是很突出，因为他几乎是无家可归的状态。26 岁的人自然是渴望爱情的，但他是一个"放逐的诗人"，谁会嫁给他呢？这个作品体现了他对爱情的强烈渴望，但是由于他无家可归的状态，没人嫁给他，现实的冷酷和个人的需要形成了一种冲突，这是理解这个作品非常重要的一个点。所以，这个"良宵"可能是别人的中秋节，这样一个中秋节对作者来说，不是一个团圆之夜，而是一个雨夜，是一个没有月亮的中秋节，是一个下着细雨的夜。那么，这个良宵到底是不是一个良宵呢？把握这个作品，要把诗人对爱情的渴望放在良宵和雨夜这个冲突性极强的框架里展开。这是我讲的第一点。

然后说第二点，对人称的讨论。找到人称词，对把握作品的结构是非常重要的。这个作品从人称上来看，"你"这个人称词在第二行第一次出现，这几个"你"其实是一个语气，"这良宵是属于你的吗"，后面把"良宵"变成了"新嫁娘的柔情蜜意的夜"，这是"良宵"的一个关联词，以及"在山岳、涛声和午夜钟楼流动的夜""使月光下的花苞如小天鹅徐徐展翅的夜"，这些都是"良宵"的关联词。

那么，这个美好的夜晚是不是属于"你"的呢？这个"你"肯定指的是"放逐的诗人"，而"放逐的诗人"在这里等同于作者。问题在哪里呢？这一系列问话到底是谁在问？有两种可能：一种可能是诗人自己在问自己，另一种可能是别人在问。根据第一行里"啊"这个词（这是一个抒情性很强的词），如果是别人问的话，我觉得不会用"啊"这个词，所以从

"啊"这个词的使用来看，这是诗人在自问。

　　然后我再说说倒数第二行，这里又出现了一个"啊"，这个"啊"又是在抒情，昌耀是一位在写作中比较注重抒情的诗人，这个作品出现了两个"啊"，但这不是重点，第二个"啊"后面有个"你"——"你自夜中与我对语的朋友"，这个"啊"是为了引出后面的"你"，"你"是"我"的朋友，是"自夜中与我对语"的人，"对语"这个词很重要，如果这个"你"是客观存在的话，那么这个"对语"就不是虚的，前面的对语也就不是虚的，整首诗就是一系列对语。关键一点，我们要确定"你"是不是真有其人，这是理解这个作品比较关键的地方。如果这个"你"是真有其人的话，那么前面就有可能不是自问而是他问。这个时候昌耀的感情生活很难查证，但他有女朋友的可能性非常小。如果真有朋友的话，也可能是一个农家少女，因为他在农村劳动，可能和女孩有接触。在《无题》（1979 年）中，他曾写过这样的诗：

　　　　原野上，我曾经陶醉于少女那一只只

　　　　撒播谷物的玉臂：银镯在腕节上律动

　　　　是摸得着的春之召唤．

　　　　是可捕捞的爱之语汇。①

　　　————————

　　① 昌耀：《无题》，见《昌耀诗文总集》，作家出版社 2010 年，第 72 页。

从这里看，他当时接触女孩子并非不可能。1979年10月25日，昌耀在给刘湛秋的信里提到他有一个女友："我给您寄去的这本书，已跟随我十六七年了。是我的一位女友在六二年送我的。我不懂俄语（仅仅认识几个单词而已），放在这里也是无用。想到您平时也译一些俄国诗人的作品，这册选集对您或许还有点用处吧，就给您寄去了。"① 由此看来，昌耀当时确实有一位女友，而且正是1962年，《良宵》也写于这一年。从这个层面来说，诗中的这个朋友是实际存在的，而且应该是刚接触不久。这才促成了诗人对爱情的渴望。

这个朋友是虚构的还是确有其人的，从这两种角度来理解这个作品确实是有差异的。如果是真有其人的话，我们就可以说前面一系列的问可能是"对语"；如果说这个朋友是虚构的话，那么前面那些问可能是独语。我觉得应该真有其人，这样抒情的效果会更明确更强烈。这个"你"是一个女孩子，诗中有"十指纤纤""素手"，肯定是个女孩子！这样解读就可以知道，作者对爱情非常渴望，渴望一个女孩子爱他。这是我从两个"你"的对应情况来谈论这个作品。第二行到第六行的"你"指的肯定是诗人自己，后两行这两个"你"肯定是一个女孩子，这构成了"你""我"的一个结构。如果认为前面是自问的话，这个"你"又等同于"我"，这种结构在现代诗歌里面是常见的，即使不从对话的层面来讲，这一点也是比较常

<hr/>

① 昌耀：《致刘湛秋》，见《新诗评论》2020年第24辑，北京大学出版社2021年，第358页。

见的。这首诗的人称确实有很难确定的一面，因为这本身就是不确定的。这是谈论的第二个问题——"你""我"人称结构的问题，不管后面的"你"是虚拟的还是确有其人的，它都构成了一个对话的对象，这是毫无疑问的，艺术在某种程度上就是一种虚构的东西，比方说，一个诗人表达对爱情的渴望，如果身边没有女孩子，就会虚构一个女孩子，这是完全可以理解的，因为一个虚构的女孩子更能表达一个人对爱的渴望。如果是真有其人的话，那么表达就显得自然而然了。

第三点我要讨论的是什么呢？这个作品其实是一个问答式的结构，问答发生在"你""我"之间，这个问答有两次，一次是否定的回答，一次是肯定的回答。第一次的否定语气是非常直接的，没有任何犹疑，这说明什么呢？说明"我"对自己的政治身份很清醒，知道"良宵"、美好的夜晚跟自己是没有关系的，一个放逐的诗人是不可能有良宵的，也就是说，他也不可能有爱情，他很清楚，所以这个回答是斩钉截铁的，非常明确、非常现实，体现了他对自己处境的确切认知。所以接下来强调"今夜没有月光，没有花朵，也没有天鹅"，在那种情况下，他不可能有这些美好的东西，所以"良宵"的"良"对他来说就是不良，"良宵"对别人是美好的，对他来说，"良"被抽空了，被置换了，被置换成什么了呢？被置换成"细雨"了，对别人来说是月光，是花朵，是天鹅，对别的 26 岁的年轻人来讲，这样的夜晚是美好的良宵，但对"我"来讲是不美好的，是不良之夜，是细雨青草之夜。这个"细雨"非常重要。中秋一般指的是月夜，而诗人的中秋却是雨夜，这是一种张力，这个张力是生活强加给他的，如果他没有被"放逐"，他可能也像其他年轻人一样，和爱人在一起。这个"不"的回答是作者认为美好与自己无缘。"是的"则是针对雨夜的回答，同样非常明确，而且强调"全部属于我"，这里有一个转折，"雨夜"跟"良宵"是最能体现这个作品主题的一对张力词，"良宵"是别人的，"雨夜"是诗人的，这是一个非常大的区别，这是一个分水岭，同样一个夜晚，对别人来说是良宵，是爱，是美好，对作者来说是雨夜，是无爱，是荒凉。这两个回答，一个肯定、一个否定，就把"良宵"区分开来，是一个夜晚的两种不同状态。这两问两答，包含了作者对自身处境的认知，也可以说是与自我的一种对话。

那么，属于"我"的雨夜和属于别人的良宵有什么区别呢？这是接下来的内容呈现的信息，接下来有一个核心词就是"爱情"，"我"觉得良宵、美好的东西，都是属于别人的。比方说，"新嫁娘的柔情蜜意的夜"，这是别人的新嫁娘、别人的柔情蜜意。那么诗人作为一个 26 岁的男性，难道对这些东西没有渴望吗？所以就自然而然地讲到了自己的爱情，这里面充满了一种对话的语气。爱情是一个青春期的问题，只要到了年龄都有，他是一个诗人，一个情感丰富的人，到了这个年龄怎么可能没有对爱情的渴望呢？所以诗中说"不要以为我的爱情已生满菌斑"，这是一种反驳的语气，表明尽管自己没有"良宵"，只有"雨夜"，但同样是需要爱情的，这里对爱情的表达是非常执着的，似乎也是在纠正别人的看法。这里最有力的表达是"我的须髭如同箭毛，/而我的爱情却如夜色一样羞涩"。"须髭"是男性身体的一部分，胡子非常坚硬，这是"我"渴望爱情的一种确切写照，是一种刚需，但"我"对爱情需要的外在表现和内心状态是有差异的：一个是强硬的需要，一个是在表达爱情的时候有一种羞涩，不是很大胆，语气里充满了对话，也可以说是表白，是内心情感的流露。归结到一点，尽管是羞涩的，但"我"对爱情的需要是执着而强烈的，这是我讲的第三点，基于"我"与"你"的结构框架里的问答，或是对语或是表白，这是一个渴望爱情的主题，体现了一个缺爱者对爱的渴望。

《良宵》最早见于《命运之书》，应该是九十年代改定的。这个作品体现了哪些艺术性呢？昌耀非常传统的一面在于他是非常注重抒情效果的，他喜欢用"啊"字句，这个作品出现了两个"啊"字句，属于直接抒情的句子，在昌耀的诗歌里比较常见。第二个方面是这个作品非常善于运用排比，昌耀不仅在这里用了排比，在其他作品里也运用了大量的排比。这首诗从第二行到第六行运用了排比：

　　　　这良宵是属于你的吗？

　　　　这新嫁娘的柔情蜜意的夜是属于你的吗？

　　　　这在山岳、涛声和午夜钟楼流动的夜

　　　　是属于你的吗？这使月光下的花苞

　　　　如小天鹅徐徐展翅的夜是属于你的吗？

　　每一句都以"是属于你的吗"结束。昌耀和其他人用排比不一样，他变换词语，拉长句子，来表达一种越来越深刻的情感，造成语气的加深，形成了不可辩驳的情感逻辑。就这首诗来说，"夜"前面的定语从短到长，越来越长，情感也越来越深。昌耀作为一个排比使用的爱好者，他最大的特色就在于这种情感的加深，如果是平行的排比，那跟传统的排比也没有什么区别。就像这首诗后面的"没有月光，没有花朵，也没有天鹅"这样的排比，这个排比是否定性的，跟前面那个设问性的排比是不一样的。从三个"没有"来看，它们的关系是平行的，而不是深入的。所以昌耀写作的优势和特色就是善于抒情，善于运用排比，来不断加强加深语气。

3.《紫金冠》：完美的向心结构

紫金冠

我不能描摹出的一种完美是紫金冠。

我喜悦。如果有神启而我不假思索道出的

正是紫金冠。我行走在狼荒之地的第七天

仆卧津渡而首先看到的希望之星是紫金冠。

当热夜以漫长的痉挛触杀我九岁的生命力

我在昏热中向壁承饮到的那股沁凉是紫金冠。

当白昼透出花环。当不战而胜，与剑柄垂直

而婀娜相交的月桂投影正是不凋的紫金冠。

我不学而能的人性觉醒是紫金冠。

我无虑被人劫掠的秘藏只有紫金冠。

不可穷尽的高峻或冷寂唯有紫金冠。

1990. 1. 12①

　　紫金冠不同于昌耀笔下的便帽，它又名太子盔，是古人用来束发的一种华丽装饰品：前扇为额子，后扇在圆形头盔顶上加多子头，左右挂长穗，背后挂一排短穗。《红楼梦》中的贾宝玉、《三国演义》中的吕布、《西游记》中的孙悟空，都曾戴过紫金冠。在这个作品中，紫金冠显然不是写实的，而是从历史上的紫金冠提炼出来的一个象征体。这个象征体象征的是什么呢？可以用诗中的另外一个词来表述，就是"完美"。这首诗的第一行就把这个意思说出来了，"完美是紫金冠"。但作者强调，这是"我不能描摹出的一种完美"，意思就是紫金冠的完美是"我"描摹不出的。就此而言，这首诗体现的是"我"对完美之物的反复描摹，力图在反复描摹中接近完美。也就是说，第一行是总领性的。同时，它表明这首诗写的是"我"与紫金冠的关系，进而言之，也可以说写的是"我"与完美的关系。这是本诗的基本结构。

　　接下来，作者从人生体验的各个层面来描摹紫金冠。什么什么"正是紫金冠"，什么什么"是紫金冠"，什么什么"是紫金冠"，什么什么"正是不凋的紫金冠"，什么什么"是紫金

　　①　昌耀：《紫金冠》，见《命运之书》，青海人民出版社 1994 年，第 237-238 页。

冠"，一连写了五个什么什么是紫金冠，其中两个加了个"正"字，表示强调。这就是昌耀常用的"是"字句。但与普通的"是"字句不同，这些"是"字句都指向了同一个词"紫金冠"，这就使这些诗句形成了一个向心结构，紫金冠如同一个圆心，作者的种种人生体验如同圆上的一个个点，纷纷指向紫金冠。如前所述，紫金冠象征的是完美。也就是说，这些诗句都指向了完美。向心结构如同一个巨大的磁场，使紫金冠的所指悄然发生了转变，或者说使紫金冠成了一个虚实兼具的完美的化身，这充分体现了作者非凡的技艺和卓越的智慧。

这种向心结构直接促成了此诗的韵律美。首先，这些诗句长短接近，比较均衡，如同一条条半径，从圆上的一个个点射向圆心。像昌耀在另一首诗里描述的，"永远地踏着一个同心圆"。这种大致整齐的诗行使全诗拥有了相近的节奏。其次，全诗十一行、十句，八次写到紫金冠。之所以多出两句，是因为"我喜悦"和"当白昼透出花环"这两句后面用了句号，熟悉昌耀的人都知道他是一个句号偏爱者，这两个句号其实应该换成逗号。八个紫金冠中有七个位于句尾，也就是说，"紫金冠"这三个字七次构成此诗的押韵词。全诗的韵律感由此凸显。另外一个"紫金冠"位于第三句中间，在不同位置上呼应了此诗的核心押韵词，同样起到了押韵的效果。另四行的结尾词分别是第二行的"的"、第三行的"天"、第五行的"生命力"、第七行的"垂直"，其中"第七天"与"紫金冠"押韵。另三个词大体押韵，但这个韵不如"紫金冠"的韵响亮。这两个不同的韵在诗中交织在一起，形成了扬抑扬扬抑扬抑扬扬扬扬的效果。总体上以扬为主，体现了诗人对紫金冠的喜悦之情，也体现了昌耀的雄辩风格。

在昌耀的诗歌中，这种向心结构非常罕见。离心结构的作品倒是有一些，如《金色发动机》。如果采用离心结构，这首诗的效果是这样的：

> 紫金冠是我不能描摹出的一种完美。
> 紫金冠正是如果有神启而我不假思索道出的喜悦的东西。
> 紫金冠是我行走在狼荒之地的第七天
> 仆卧津渡而首先看到的希望之星。
> 紫金冠是当热夜以漫长的痉挛触杀我九岁的生命力
> 我在昏热中向壁承饮到的那股沁凉。
> 不凋的紫金冠正是当白昼透出花环。
> 当不战而胜，与剑柄垂直而婀娜相交的月桂投影。
> 紫金冠是我不学而能的人性觉醒。

这样一来就是发散式的，由"紫金冠"向不同的方向发散，押韵词也散掉了。但在这首诗里不是发散，而是归一，都归到"紫金冠"上。这种向心结构有什么好处呢？就是把相关体验都归结到一个事物上，这就会形成一种强调的效果，因为句子后面的内容往往会更突出一些。同时韵律更集中。就此而言，《紫金冠》是一首万有归一的诗，不管什么样的完美体验都可以归到紫金冠这个完美事物上。

最后两句仍归向紫金冠，但连接词从"是"变成了"有"。

"是"是个隐喻词，它前后的事物具有相似性。而"有"不再体现隐喻关系，而是强调存在关系。也就是说，这两句是不能前后置换的。如果置换就不是表达效果优劣的问题，而是说不通了。不过，如果加个"是"是可以的：

> 只有紫金冠是我无虑被人劫掠的秘藏。
> 唯有紫金冠是不可穷尽的高峻或冷寂。

不过，这样的效果仍不如原诗，只是分别陈述，而不能突出紫金冠的分量。纵观全诗，紫金冠的对应物分别是"我不能描摹出的一种完美""有神启而我不假思索道出的"事物，困境中的"希望之星"，热夜中感到的"那股沁凉""月桂投影""不学而能的人性觉醒""我无虑被人劫掠的秘藏""不可穷尽的高峻或冷寂"。值得注意的是，"我喜悦"的辐射范围是什么？仅仅是因为"如果有神启而我不假思索道出的／正是紫金冠"而喜悦，还是包括下面的内容？这是作者用词的巧妙所在，也是匠心所在。如果把它颠倒过来，变成"如果有神启而我不假思索道出的正是紫金冠。我喜悦"，这显然只针对这一种情况而喜悦，并不包括后面的情况。但是作者把"我喜悦"放在了前面，这就使它对后面的言说产生了广泛的辐射性。就此而言，这种喜悦感几乎是笼罩全诗的，但它不能笼罩第一行。第一行的语调是低沉的，多少透露出一种描摹完美的强烈愿望落空的失望感。

"神启"这个词给紫金冠带来了神秘性，至少表明这里的紫金冠或完美是与神有关的，不借助神启是无法感知，更不可能道出的。"不假思索"表明非常直接或者说速度极快，只要有神启，"我"就能直接道出紫金冠或完美。所以，重点不在"我"，而在"神启"，"我"只是"神启"与"道出"的中介。这很像对灵感的描述。这里的"道出"和上一行的"描摹出"其实是对应的，它们的落脚点都在"出"上。由此再回看第一行，可以说紫金冠或完美是能描摹的，只是描摹不出而已。而且，"描摹出"与"道出"意思相同，只是"描摹出"可能是口头描摹出，即"道出"，也可能是书面描摹出，即"写出"。这两句的张力在于，一个是"不能描摹出"，一个是"不假思索道出"，换句话说，一个是万万不能，一个是轻松完成。同样是对紫金冠或完美的表达，为何有这么大的不同呢？关键是有没有神启。

　　下面看第二个"我喜悦"："我行走在狼荒之地的第七天/仆卧津渡而首先看到的希望之星是紫金冠。"如果说第一个"我喜悦"是借助神启完成的话，这里的喜悦就是靠自己了。这句里有两个对应的词："狼荒之地"与"希望之星"，一个在地，一个在天，一个充满艰苦，一个带来喜悦，张力十足。由这两个对应词出发，可以发现这两句的节奏感大致是以四个字为一个节奏单元的："我行走在/狼荒之地/的第七天/仆卧津渡/而首先看到的/希望之星/是紫金冠。"这个"我"就像《内陆高迥》中的那个旅行者，"第七天"是人体在没有进食的情况下所能承受的极限，它和"仆卧津渡"是对应的，意思是在荒远的边地走了七天累倒在渡口，在这种困境甚至是绝境中要看到"希望之星"恐怕只能凭借强大的信念。值得注意的是，并非"希望之星"是紫金冠或完美，而是"希望"是紫金冠或完美。因为"星"只不过是个比喻，而且有一种视觉效果，正如紫金冠也是个比喻，而且有一种视觉效果一样，所以"希望之星"可说成"希望的紫金冠"，其含义是，在绝境中看到的希望就是完美。

"我"的第三个喜悦是，"当热夜以漫长的痉挛触杀我九岁的生命力/我在昏热中向壁承饮到的那股沁凉是紫金冠"，这两句的情况接近于上一句的绝境与希望模式，只不过它强调的是外物对"我"的无端伤害，换句话说，"我"在这里受到的伤害并非"我"的行动造成的结果，因而也是"我"不能回避的。"痉挛"本是人体的动作，这就意味着把"热夜"拟人化了，由此便引出一个令人震动的词"触杀"，一种深度伤害，致命伤害，好在"触杀"的并非"我"，而是"我九岁的生命力"。之所以用"九岁"大概是因为"我"小时候有中暑的经历，并且"九岁"也和上面的"第七天"对应。所谓触杀生命力，其情形大概与"仆卧津渡"相似。关键是下面的反转，"热夜"使"我""昏热"，靠近墙壁却让"我"承饮到沁凉，"沁凉"与"昏热"形成张力。只是"承饮"这个词有些怪，它在古语里是端着饮料的意思，但在这里明显是个动词，所以这可能是个扭词，作者大概想表达饮用的意思，"沁凉"本是一种肌肤感，这里写的是把它饮下，以味觉写触觉。作者把这种在昏热中感到的沁凉比成了完美的紫金冠。

当白昼透出花环。当不战而胜，与剑柄垂直
而婀娜相交的月桂投影正是不凋的紫金冠。

这个句子和上一句一样，有"当什么"的限定，表明这种情况并非泛指，而是有时间性的。也就是说，只有在特定的时刻才会出现相应的结果。这里给出了两个时刻，或者说是两个前提，一个是"当白昼透出花环"，"花环"应该是太阳的隐喻。在《哈拉库图》中有这样的句子："无论利剑，无论铜矢，无论先人的骨笛/都不容抵御日轮辐射的魔法，/造物总以这灼灼的、每日采自东方的花冠/冷眼嘲弄万类……"其中的"花冠"指的就是"日轮"，其实是时间的别名。这里的"花环"与"花冠"接近，所以这句诗的意思就是，当白天升起太阳。另一个时间前提是"当不战而胜"，这当然令"我喜悦"。这两个"当"很有节奏感，而且和上一句的"当"呼应，由同一词引领的句子反复出现，增强了节奏感。"与剑柄垂直／而婀娜相交的月桂投影"，其中的"剑柄"与"战"呼应，月桂的投影与它婀娜相交，这个意象很美。这一句的巧妙之处在于月桂的双关性。月桂是一种植物，古罗马人用月桂树叶编织的花环戴在胜利者头上，因此月桂成为胜利和荣耀的象征，这就和诗中的"不战而胜"形成了呼应。而且，也与诗人的桂冠这个说法暗合，这就将诗人的桂冠与紫金冠联系在了一起。同时，月桂也可以是"月中桂树"的简称，中国神话里有吴刚伐桂的故事。根据诗中的语境，这里的"月桂"应指月中桂树，这样便和"当白昼透出花环"呼应了，一个是白天，一个是夜晚。作者又利用了月桂是一种植物的意思，强调它是"不凋的"。更巧妙的是，作者写的并非月桂正是不凋的紫金冠，而是"月桂投影正是不凋的紫金冠"，"月桂投影"显然是虚的，强调虚的东西不凋岂不耐人寻味？可以说这是本诗中意蕴最丰富的诗句。

与前面的句子相比，"我不学而能的人性觉醒是紫金冠"的特色是抽象化，它不再像"希望之星""月桂投影"那么可见，也不再像"沁凉"那么可感。"人性觉醒"是抽象的，但它是获得智慧的体现，同样是令"我喜悦"的事物。"不学而能"在句法与节奏上与"不战而胜"对应，在意思上与"神启"呼应，属于康德所说的先验能力。在"人性觉醒是紫金冠"中，紫金冠分明显得具体了，它倒置了先前诗句中将具体事物与抽象的完美建立关联的模式，"是"的两端变成了抽象事物和具体事物，所以我感觉作者在这里强调的是人性觉醒是像紫金冠那样的完美之物。

"我无虑被人劫掠的秘藏只有紫金冠"，"秘藏"显示了"我"的珍视态度，越是珍视的东西越怕被别人掠去，但是作者说"无虑被人劫掠"，这就与"秘藏"形成了张力。什么东西既让"我"珍惜又不担心被别人抢走呢？显然不是金银财宝之类的身外之物，而是内心的事物，比如对一个人的爱，为心爱的人写一首诗，如此等等，这些都是别人抢不走的。从这一句开始，诗人变换了连接词，从比喻性的"是"变成了实存性的"有"，这就意味着"我"确实已经拥有了这样的秘藏之物，它不再是一种比喻性的存在，相应的，"紫金冠"也成了实际存在的事物，而不再是完美的象征。

"不可穷尽的高峻或冷寂唯有紫金冠"，这一句最值得注意的是其中没有"我"，前面的每一句显示的都是"我"和紫金冠的关系，但最后这一句只有紫金冠的存在，"我"消失了。这就体现了紫金冠与"我"拥有的是不同的时间：紫金冠是无限的，永恒的，而"我"是有限的，短暂的。但是，在"我"消失以后，"我"写的这首《紫金冠》还存在着，因此最好在这一句中的"紫金冠"上加个书名号，即《紫金冠》，这样一来，《紫金冠》这首诗便如作者所说的那样是"不可穷尽的"，而"高峻或冷寂"正是昌耀这首诗的特征。在我看来，仅仅凭借此诗，昌耀就能赢得诗人的桂冠。

总体而言，《紫金冠》这首诗在"紫金冠"与"我"之间建立了多重关联，因为诗中有"我"，表明此诗具有自传性。对作者来说，无非两件事，生活与写作。由此可以将紫金冠的对应物分别归类：绝境中的希望，热夜中感到的沁凉，花环与月桂投影，这些是生活；"我不能描摹出的一种完美""有神启而我不假思索道出的"事物，"不学而能的人性觉醒"，明显与写作有关。"我无虑被人劫掠的秘藏""不可穷尽的高峻或冷寂"所指不确定，正如上面的分析，把它们理解成爱美之心或为此写下的作品是可以成立的。可以说这首诗探讨的是如何将生活中的审美体验转换为完美写作的问题，因此，这首《紫金冠》便有了元诗的意味。也许因为写的是一个古代的物，诗中有不少古语。在我看来，此诗的成功主要得益于向心结构。正是这种向心结构使此诗成为对完美之物的完美表达。昌耀说过，"我们都是哭泣着追求唯一的完美"（《一天》），这首《紫金冠》大概就属于他说的"唯一的完美"。

第三节　昌耀诗歌的章法

1. "不分行的文字"问题

　　所谓章法就是一首诗的总体结构，它是句法的合成、词法的总和。如上文所说的，昌耀的某些诗歌运用整体排比，或形成向心或离心结构，都属于章法。昌耀的诗歌章法不拘一格，在不同时期都有变化。其主要问题集中在对诗行的突破方面，起初是短句与长句的杂糅，尤其是其中的长句已完全不受行的节制，非一口气把一个容量较大的语义单位叙述完毕不可。昌耀作品中的这种不分行现象最早出现在诗歌《一九七九年岁杪途次北京吟作》（1979 年）中，该诗共四节，只有第二节是不分行的：

　　　　我却听说时代巨人与时代女神于携手间达成默契。我
　　　　听到原野上路枕随着巨轮荡起旋风般的波幅。我已
　　　　听到东风 1980 型独一无二的火车头冲决扩展的波幅
　　　　正迅即而来。——那铁的排箫煞是好听吗？①

---

　　①　昌耀：《一九七九年岁杪途次北京吟作》，见《昌耀诗文总集》，作家出版社 2010 年，第 96 页。

细看这一节没有分行的文字，前三句其实接近于排比，分别以"我却听说""我听到""我已听到"引起，就此而言，节奏感还是很强的，分行处理也未尝不可，但是如果分行的话，一行的字数可能会突破排版的极限，像这里的第三句，无论如何在一行里是排不下的。与其这样，干脆不分行。我想昌耀采取不分行的办法是考虑到排版问题才这样处理的，换句话说，他是为了保证句意的完整性不被排版打断才这么做的。如果分行，结果可能是这样的：

> 我却听说时代巨人与时代女神于携手间达成默契。
> 我听到原野上路枕随着巨轮荡起旋风般的波幅。
> 我已听到东风 1980 型独一无二的火车头冲决扩展的波
> 　幅正迅即而来。
> ——那铁的排箫煞是好听吗？

这样的诗送去排版后，即使前两句勉强能在一行里排下，第三句可能随时会被排版的人切断，昌耀最担心的可能是把"波幅"或"迅即"这样的词切断，造成"波"在上一行，"幅"在下一行，或"迅"在上一行，"即"在下一行。昌耀是个完美主义者，他是不能容忍别人这样随意处理他的诗的。一旦有了这样的长句实验，这就意味着他必然会在其他作品中推广开来，从而造成昌耀诗歌的散文化，并逐渐形成他所谓的"不分行的文字"，这其实是他对"散文诗"的独特命名。

从外在影响来看，昌耀诗歌的散文化以及部分诗节不分行的现象可能是惠特曼诗风的中国加强版，尤其是从那些富于气势的作品来看，这种继承关系比较明显。昌耀在《读书，以安身立命》（1994 年）中说："但就诗人终极价值追求与道义关怀更具的宽泛含蕴，我尤偏爱《草叶集》。"[1] 尽管这里谈的是主题问题，但其不分行的长句应该也同时渗透到了昌耀的写作中。1980 年，昌耀在诗中就写到了他对惠特曼的阅读：

> 那一天我倚着南窗，
> 当我正在吸吮
> 　　《草叶集》的芬芳，
> 我误杀了一只蜜蜂，
> 一位来自百花村的姑娘。[2]

其实，昌耀阅读惠特曼可追溯到河北省荣军学校时期。在一篇应邀写成的文章中，他开列了一份读书的清单，这对梳理昌耀在诗歌创作方面所受的影响提供了珍贵的线索："我的诗创作始于 1953 年秋冬之际，时在河北省荣军学校。此期间校图书馆的藏书为我的阅读提供了机会，我涉猎了郭沫若《女神》、莱蒙托夫《诗选》、希克梅特《诗选》、聂鲁达《诗文集》、勃洛

---

① 昌耀：《读书，以安身立命》，见《昌耀诗文总集》，作家出版社 2010 年，第 573 页。

② 昌耀：《寓言》，见《昌耀诗文总集》，作家出版社 2010 年，第 136 页。

克《十二个》等一批中外诗集。……然而我说不准究竟是哪一位诗人的作品对我的创作影响更深。我仅好说：屈原、李白、庄子（我以诗人读之）……是我钟情的。我不以为他们的精神与新诗无可沟通。艾青从巴黎带回的芦笛是我所珍重的，我不知当代前辈老诗人里还有谁对我更具这种长久魅力。我也喜欢读国外的惠特曼、莱蒙托夫、聂鲁达、桑戈尔、佩斯、埃利蒂斯、艾略特、斯蒂文斯、杰弗斯……阅读他们韵味醇厚的名篇是一种享受，其中必也对我实施了某种潜移默化，但这并不致有损于我独具的品格。在我自己的经历里自有一个可容本人拓展的空间。"①

这里提到的诗人，无论古今中外，他们的诗大多具有散文化倾向。尤其是把庄子视为诗人，更体现了他对文体的超越态度。至于"不分行的文字"的直接来源，我判断可能是《野草》。同样是在《读书，以安身立命》中，昌耀说："鲁迅先生的《野草》，是在数年前从街头一处席地而设的旧书摊以两角钱购得。哲人的深刻与冷峻，不仅以语言的，而且以思维的美感形式透射出锋芒。我为自己终于没有错漏过阅读当代中国最高水准的散文诗集而称幸。"② 值得注意的是，昌耀说他是"数年前"购得《野草》的，至于"数年前"到底是几年前，昌耀本人有不同的说法。1993 年 12 月 13 日，他在给艾星的一封信中

---

① 昌耀：《艰难之思》，见《昌耀诗文总集》，作家出版社 2010 年，第 375、377-378 页。

② 昌耀：《读书，以安身立命》，见《昌耀诗文总集》，作家出版社 2010 年，第 573 页。"称幸"似应为"庆幸"，昌耀多次用错这个词。

说："不妨拿大陆诗人的出版物与同样是由国内出版社出版的外国诗人的诗集仅就'包装'作一比较好了：哪一种更被精心打扮？更被重视？一代诗人如阿陇、冯至的诗集几无觅处，也买不到鲁迅的《野草》单行本。"① 不过在 1990 年 12 月 24 日给 SY 的一封信里，他是这么说的："不过我还是倾向于鼓励你走入一个更宏大的精神天地。我以为你不妨多从气度着眼，不妨多看一些有气度的作品。我劝你读读《草叶集选》（楚图南译，人民文学出版社出版。这是译得最富韵味的一种早期译本），近年另有李视歧的译注本《惠特曼诗选》（山西太原北岳文艺出版社出版）印行，也值得一读。你还可以读聂鲁达的诗作。艾青在抗战期间的一些作品是我所喜爱的。鲁迅先生的《野草》尤其值得一读，非常深刻，非常富于引爆力，汉语文的韵味隽永至极。我一直想买此书而未得，幸在不久前我从街头一个地摊旁边经过而偶然发现了这本久觅无处的《野草》，兴奋不已。我相信你从这些书中定可获益，你的气质、气度与胸襟抱负、视野将有微妙的变化，你将不乏讴歌的热情。"② 比较这两封信，可以看出前一封信可能是说一般读者买不到《野草》，后一封信介绍自己买《野草》的经历比较具体。由此可见，"数年前"大致是 1990 年。巧合的是，"不分行的文字"集中出现在 1990 年代，从 1993 年突然增多，由此可见"不分行的文字"与《野草》的密切关系。

---

① 昌耀：《宿命授予诗人荆冠》，见《昌耀诗文总集》，作家出版社 2010 年，第 547 页。

② 昌耀：《致 SY》，见《昌耀诗文总集》，作家出版社 2010 年，第 726 页。

更值得注意的是，昌耀像其他人一样把《野草》称为"散文诗集"。不过，1988 年，在应邀为《散文诗报》写的一篇文章中，昌耀谈到了纪伯伦的作品《幻觉》，起初把它称为"散文诗"，"这就是我所认识的一种'散文诗'，其震撼力足以在人心灵显示出伤口并渗出血滴"。然后谈的是他对诗和诗人的理解，并不拘泥于散文诗，"这样的诗人必具有一种超越世俗功利的、与之俱来的生之悲悯。这样的诗人正是人类自己在不经意中造就的一束极具痛感或痛感预期功能的神经纤维"。最后他写道："那么，何必为'诗的散文化'辩说？何必拘谨于'散文化的诗'？我所看重者仅是纪伯伦那只心形小鸟的伤口与渗出的鲜血（那伤口如悲伤女子翕动的双唇）。于此，我只知有纪伯伦诗意的小鸟而已不辨何系散文何系诗。"①

一年后，在给黎焕颐的信（1989 年 3 月 26 日）里，昌耀重申了这个看法："我理解的诗是一个比较宽泛的概念，即：除包容分行排列的那种文字外，也认可那一类意味隽永、有人生价值、雅而庄重有致、无分行定则的千字左右的文字。不一定就是'散文诗'。说实话我理解的以文字形式凝结的诗其概念还要宽泛。诗人的生存空间或活动天地本来就非常广大，诗人对于自己之所能本无须以'雕虫小技'自解，诗人可以有大襟怀或大抱负。诗的视野不仅在题材内容也需在形式形态上给予拓

---

① 昌耀：《纪伯伦的小鸟——为〈散文诗报〉创刊两周年而作》，见《昌耀诗文总集》，作家出版社 2010 年，第 404 页。

展。"① 由此可见，昌耀这时对"不分行的文字"已经有了比较成熟的看法，"意味隽永、有人生价值、雅而庄重有致、无分行定则的千字左右的文字"，这个界定比较具体，而且他拒绝把它称为"散文诗"，并从拓展诗歌形式的需要方面有所论证。正是基于这种理解，他在给黎焕颐提供的稿件中就包含了此类作品："我拟照我理解的'宽泛的诗'编选，而收入一部分不分行的文字，还拟收入几篇谈诗的短文。我们过去出版的诗集太'纯'了，纯得有点单调，若适当'杂'一点其实也是无妨的，诗有许多个面，若有条件读者实希望'面面俱到'（当然有所分寸），我所担心者仅在质量，担心是否有足够信息内蕴。因此，我还是主张尽可能丰富些，而在选材上给予较多宽容。"② 由此可见，早在 1989 年，昌耀就提出了"不分行的文字"这个观念，并在编选稿件时有意进行尝试。据昌耀给伊甸的信，他受邀编选的"中国诗人丛书"并未出版："此外，尚有上海的朋友邀约编选的一册《噩的结构》，时间更长久一些了，原听说发往贵州，后来再未听到消息，向友人询问也是泥牛入海，这本属于'中国××丛书'之一。"③ 但后来在编选《命运之书》及其他诗集时，昌耀都是按照这个思路编的。至于"不分行的文字"的创作，至少比这个说法提出的时间早六年，昌耀最早的"不

---

① 昌耀：《致黎焕颐》，见《昌耀诗文总集》，作家出版社 2010 年，第 788 页。

② 昌耀：《致黎焕颐》，见《昌耀诗文总集》，作家出版社 2010 年，第 788-789 页。

③ 昌耀：《致伊甸》，见《桃花源诗刊》2019 年第 2 期，第 32 页。

分行的文字"应该是写于 1983 年 3 月 5 日的《浇花女孩》：

> 浇花女孩兀立窗前，面容霍然迷痴倦怠。我问女孩是否太劳累了。好久，她默然失语，我不由得恐惧，急忙捉住她的肩胛叫喊她的名字，见她板滞的眼睛这才转活透出一丝浅笑，说她刚才是在做着梦。我松了一口气，问她能否讲讲梦中事。她用食指抵住腮颐迟疑有顷，蓦然回头望我，说若是如此蜜蜂兴许会将梦也偷偷采撷了去。我说，那使人沉醉的梦只会更甜美。她说，那样她就愈发承受不住的了。①

这篇《浇花女孩》只有 177 个字，但层次丰富，意味隽永。通过"我"与浇花女孩的对话，刻画了一个生动传神的女孩形象。值得注意的是，其中并未写到女孩浇花，而是写了女孩做梦。这个做梦的女孩被"我"叫醒，醒来后还沉浸在梦中，不愿讲梦中事，怕被蜜蜂采去，可见这个蜜蜂是梦中之物。有了蜜蜂自然就会引出花来。巧妙的是，作者写的不是蜜蜂采花，而是采梦，真是曲折有致。

昌耀将"散文诗"另立名目，把它命名为"不分行的文字"，并把它们视为诗歌，这就是他的"大诗歌观"。值得注意的是，提出"不分行的文字"以后，昌耀仍然使用"散文诗"

---

① 昌耀：《浇花女孩》，见《命运之书》，青海人民出版社 1994 年，第 108 页。

的说法。特别是提到别人的此类作品时，比如，他一直把《野草》称为散文诗集。1992 年，昌耀向诗友荐书时说："另一本书（虽不是'外国作家'写的）——《野草》你也许是早就读过了的吧，这是鲁迅先生的散文诗集，是我迄今为止所能读到的、我国现代诗人所写得最好的一本诗集。"① 以上就是昌耀诗歌从散文化到散文诗，并将散文诗称为"不分行的文字"的大体过程。

但是，后来的研究者似乎不太认同"不分行的文字"这个说法，大概是因为这个说法不太严谨，毕竟散文和小说都是不分行的文字，也就是说，"不分行的文字"似乎没有区分度。因此，有的研究者无视这个说法，继续沿用"散文诗"的概念，可以王光明的《论 20 世纪中国散文诗》为代表。不过，有的研究者似乎比较看重昌耀的这个说法，他们从自身的理解出发，对昌耀的这类作品做出了不同的命名。按照燎原的描述，昌耀的诗歌经历了从短行向长行转型，以至向超级长行推进，最终达到不再分行的境地。他在《高地上的奴隶与圣者》中把这类作品称为"散文式形制"，后来在其演讲《由"非诗"抵达大道独步之诗——论昌耀"不分行诗歌"》中直接称之为"不分行诗歌"。为了定位此类作品，西川在《昌耀诗的相反相成和两个偏离》中自造了一个词"诗文"；② 张桃洲则把它称为"片段

---

① 昌耀：《致赵红尘》，见《昌耀诗文总集》，作家出版社 2010 年，第 785 页。

② 西川：《昌耀诗的相反相成和两个偏离》，见《大河拐大弯》，北京大学出版社 2012 年，第 112 页。

书写"，并归于"跨文体写作"。①

问题的焦点是，行是否是现代汉诗的必要形式。众所周知，中国古诗是不分行的，分行是新诗确立的方法，因为新诗句子长短不一，也不押韵，很难根据固定的字数或严格的韵律断句。既然分行是后来才有的，这就意味着它也可以被超越。但是当诗歌不再分行，凭什么把它和散文区别开来呢？如果这个问题得不到解决，那诗歌必然会沦为散文。怎么解决呢？试看昌耀对此的解释："我并不强调诗的分行……也不认定诗定要分行，没有诗性的文字即便分行也终难称作诗。相反，某些有意味的文字即便不分行也未尝不配称作诗。诗之与否，我以心性去体会而不以貌取。"② 在昌耀看来，判断诗的尺度是"诗性的文字""有意味的文字""心性"，而不是诗的"貌"与"分行"，但接下来他语气缓和了一些："我并不贬斥分行，只是想留予分行更多珍惜与真实感。就是说，务使压缩的文字更具情韵与诗的张力。随着岁月的递增，对世事的洞明、了悟，激情每会呈沉潜趋势，写作也会变得理由不足——固然内质涵容并一定变得单薄。在这种情况下，写作'不分行'的文字会是诗人更为方便、乐意的选择。"③ 从"并不强调诗的分行"到"并不贬斥

---

① 张桃洲：《声音的意味——20 世纪新诗格律探索》，人民文学出版社 2014 年，第 295-297 页。

② 昌耀：《〈昌耀的诗〉后记》，见《昌耀诗文总集》，作家出版社 2010 年，第 681 页。

③ 昌耀：《〈昌耀的诗〉后记》，见《昌耀诗文总集》，作家出版社 2010 年，第 681 页。

分行"，显然表明了昌耀对"分行"的复杂态度。

按照昌耀的意见，判断一个作品是不是诗主要应根据"诗性""意味"，但这两个词其实很抽象，散文也可以有"诗性"和"意味"，所以他又解释说："我在另一篇文章中也表述了相同诗见：'诗美流布天下随物赋形不可伪造。是故我理解的诗与美并无本质差异。'我将自己一些不分行的文字收入这本诗集正是基于上述郑重理解。""但我仍要说，无论以何种诗的形式写作，我还是渴望激情——永不衰竭的激情。此于诗人不只意味着色彩、线条、旋律与主动投入，亦是精力、活力、青春健美的象征……"① 在这里，他又把"诗"等同于"美"和"激情"，但散文也是可以有"美"与"激情"的。所以，昌耀始终没有把"不分行的文字"说清楚，也就是说，没有把"不分行的文字"和散文真正区分开来。"分行"对现代汉诗之所以重要，是因为它是体现节奏感的一个重要途径。所以，"不分行的文字"如果是诗，除了昌耀所说的"诗性""意味""激情"和"美"的尺度之外，还必须强调节奏和韵律。如果既不分行，也无一定的节奏和内在的韵律，那就真的不配称作诗了。从这一点来说，昌耀那些不分行的文字显然质量不齐，其中有的作品可以称为诗，其他的只能称为散文。

---

① 昌耀：《〈昌耀的诗〉后记》，见《昌耀诗文总集》，作家出版社2010年，第681页。

2. 《内陆高迥》：跋涉在长短句中的旅行者

内陆高迥

内陆。一则垂立的身影。在河源。
谁与我同享暮色的金黄然后一起退入月亮宝石？

孤独的内陆高迥沉寂空旷恒大
使一切可能的轰动自肇始就将潮解而失去弹性。
而永远渺小。
孤独的内陆。
无声的火曜。
无声的崩毁。

一个蓬头垢面的旅行者西行在旷远的公路，一只燎黑
　了的铝制饭锅倒扣在他的背囊，一根充作手杖的棍
　棒横抱在腰际。他的鬓角扎起。兔毛似的灰白有如
　霉变。他的颈弯前翘如牛负轭。他睁大的瞳仁也似
　因窒息而在喘息。我直觉他的饥渴也是我的饥渴。
　我直觉组成他的肉体的一部分也曾是组成我的肉体
　的一部分。使他苦闷的原因也是使我同样苦闷的原
　因，而我感受到的欢乐却未必是他的欢乐。

而愈益沉重的却只是灵魂的寂寞。

谁与我同享暮色的金黄然后一起退入月亮宝石？

一个蓬头的旅行者背负行囊穿行在高迥内陆。

不见村庄。不见田垄。不见井垣。

远山粗陋如同防水布绷紧在巨型动物骨架。

沼泽散布如同鲜绿的蛙皮。

一个挑战的旅行者步行在上帝的沙盘。

河源

一群旅行者手执酒瓶伫立望天豪饮，随后

将空瓶猛力抛掷在脚底高迥的路。

一次准宗教祭仪。

一地碎片如同鳞甲而令男儿动容。

内陆漂起。

1988. 12. 12①

在昌耀的所有诗中，《内陆高迥》应该是起伏度最大的。从形式上看，给人的第一感觉是版面疏密反差极大，诗行忽长忽短，短的一行仅两个字，长的达 163 个字。表意单位有词、词

———————

①　昌耀:《内陆高迥》，见《命运之书》，青海人民出版社 1994 年，第 220–221 页。

组、短句、长句、超长句、句群，应有尽有，而且多样交错。这种起伏当然是诗人内心的对应物，意味着诗人的情感极度起伏，动荡不已。

要探究此诗的感情，可先从题目说起，诗的题目"内陆高迥"是个短句，意思是内陆高远，这是作者对他长期生活的青藏高原的一个概括，地域特色鲜明，既是内陆又是高地，"内"给人一种被围困之感，"陆"给人一种广阔之感，"高"给人一种不胜寒之感，"迥"给人一种遥远之感。这首诗首先呈现的是高原的形象：

内陆。……

孤独的内陆高迥沉寂空旷恒大
使一切可能的轰动自肇始就将潮解而失去弹性。
而永远渺小。
孤独的内陆。
无声的火曜。
无声的崩毁。

这是开头两节中写内陆的句子，前三行参差错落，后四行整齐划一，给人的感觉就像生活在高原中的人左冲右突，最终难免陷入相同的结局：孤独无声，这是分别出现两次的词。可以说，内陆如同一个巨大的牢笼，限制着一切变化的可能。"可能"是属于人的，只有人才寻求可能，理想就是一种可能。"轰动"是一种巨变，这两个词体现的是生活在内陆的人试图改变现状的意志，但是这种求变的意志注定是无效的："自肇始就将潮解而失去弹性"，这是七行诗中最长的一行，它包含着这样的冲突：一种既依赖又想挣脱的关系。由此可以说，内陆人靠内陆为生，但内陆又是内陆人的敌人。所以，这一个长长的诗行体现的是一种西西弗斯式的抗争，一种注定失败的抗争，这个主题在后面的旅行者身上得到了集中体现。就此而言，后四行体现的是所有抗争者和不抗争者的共同结局：活着的孤独渺小，死去的悄无声息。"孤独的内陆"出现了两次，孤独已经成了内陆的属性，它必定使生活于其中的内陆人孤独终老。"无声的火曜。／无声的崩毁"，这个对句写得如同人类的末日，太阳在天空无声地照耀，内陆或生活在内陆上的人在无声地崩毁。正如老子所说的，"天地不仁，以万物为刍狗"。由此可见，诗人对内陆的书写几乎是决定性的。并非什么人定胜天，而是人受制于所生活的土地。

　　诗中出现的第一个人是"我"，"我"的出场相当别致："一则垂立的身影"，这则身影显然来自"无声的火曜"。顾影自怜，孤独的人往往关注自己的影子。李白有"举杯邀明月，对影成三人"之句。昌耀早期写过一首诗《影子与我》（1962年），在该诗中，诗人分明把影子写成了活生生的自己，或者说把自己的情感和意志都转交给了影子，以至完全抽空了自己：

　　　　当我点燃锻炉，朝铁砧重重抡起锻锤，
　　　　在铁屑迸射释出的星火

他抽搐，瞬刻拉长体躯，像放声的笑，

像躲藏的谜底，倒向四壁，为光华倾泻

而兴奋得陡然苍白。①

对影子以"他"相称，并且会抽搐，会拉长体躯，会倒，会兴奋，如此等等，可以说把整个生命都托付给了他。诗人写到影子表面上是"我"的增殖，其实是把影子看成了另一个"我"，甚至是灵魂自我，因而关注自己的身影往往会加重孤独感。

回到《内陆高迥》的开篇，就像一位演员上台，观众先看到强光下的投影，而且还可能是背影，然后才见那人缓缓转过身来，念一句道白："谁与我同享暮色的金黄然后一起退入月亮宝石"这个问句中出现了"我"，这表明"一则垂立的身影"就是"我"的，是"我"发自内心的低语，疑问的语气决定了它不可能是高声呐喊，更重要的是，这句话没有听者，是"我"说给一个不存在的人听的，因为"谁"并不在场。从"一则垂立的身影"到"谁与我同享暮色的金黄然后一起退入月亮宝石"，暗示"我"是孤零零的一个人。但诗人并未用"孤独"这个词修饰"我"，而是用它修饰"内陆"。它们的微妙区别是，"孤独"强调的是与他者的关系，属于他者缺失或与他者隔绝的状态。到第四节"我"再次追问"谁与我同享暮色的金黄

---

① 昌耀：《影子与我》，见《昌耀诗文总集》，作家出版社 2010 年，第 41 页。

然后一起退入月亮宝石?"时，它前面的句子是"而愈益沉重的却只是灵魂的寂寞"，也就是说，"我"的状态是"寂寞"，而且是"灵魂的寂寞"。"寂寞"，这是人的一种存在状态，它并无向外与他者建立关系的意向，而是向内感受自身存在的结果。就此而言，寂寞是孤独的 N 次方。而诗中的"我"正是一个寂寞者，一种作为人的寂寞、个体存在的寂寞。

值得注意的是，这个问句中的用词极其温暖华美，"暮色的金黄""月亮宝石"，可以说都是美景，然而，生无人同享，死无人同归，美景何益? 可以说，如果"谁"不与"我"同在，生命有多久，对"谁"的期待和灵魂的寂寞就有多长，而在"谁"出现之前，灵魂的寂寞必定愈益沉重。正如昌耀在另一首诗《所思：在西部高原》（1982 年）里咏叹的：

> 西部的山。那人儿
> 听见霜寒里留有岁月嗡嗡不绝的
> 钟鸣。太寂寞。①

用"那人儿"而不用"我"，与"斯人"对称，堪称绝妙。以"嗡嗡不绝的钟鸣"反衬寂寞，并把它置于具有肌肤感的霜寒里，寂寞感更凝重。诗人在西部高原反复咏叹的寂寞并非完全是缺乏爱情的寂寞。在《小满夜夕》（1994 年）里，昌耀再

---

① 昌耀：《所思：在西部高原》，见《昌耀诗文总集》，作家出版社 2010 年，第 181 页。

次写到这个意象："每当坚守自己都得经受一场歇斯底里的神经战。/没有同路人：谁与我一同进入月亮宝石?"① 可见诗中的寂寞和"坚守自己"有关，也和缺乏"同路人"有关，可以说是作为诗人的寂寞。1990 年 5 月 4 日，在《青海日报》的一次关于严肃文学的处境的讨论会上，昌耀在发言中再次引用了这句诗：

　　在一个精神追求已趋贫弱的年代……一个不愿随波逐流的作家或艺术家处此困境，往往可能有两种选择：一是以身作则，不放弃作家的使命感而直面人生，着眼于现实的干预；一是洁身自许，以美为己任，潜入"象牙之塔"，刻意于内心意蕴的品味。后一种难免为评论家诟病，但我仍以为自珍自爱较之自轻自贱有着境界的雅俗分野，不好一笔抹杀，而且我以为严肃文学大体也就是由着这两部分作家苦心经营。也许还有第三种选择、即如所谓"玩文学""玩艺术"的一类。他们以"反传统"为标榜，他们似乎更具现代意识，其实正反映了价值失落后的一种心理失街，属于时代现象。他们未必真的对现实冷漠到失去崇高与真诚追求。

　　在一个变革的年代，痛苦的代价与成功的期许仿佛都带有一种悲壮的行色被人们默契于心，严肃文学的存在就

---

① 昌耀：《小满夜夕》，见《昌耀诗文总集》，作家出版社 2010 年，第 557 页。

是这样的一种象征。因此，也是真正意义上的美的文学，最具韧性与生命耐力。对于这种负重而行的文学家，问一声："还吃得消么？"我愿以此文标题所称之那样的代为答曰："还行！还中！还吃得消！"社会与人性总要走向进步与完美。任一混沌或混浊都将复归清明。而唯有这种期待难免让人感觉孤独。我曾在一首诗里如此写道："而愈益沉重的却只是灵魂的寂寞。/谁与我同享暮色的金黄然后一起退入月亮宝石？"①

二十世纪八九十年代，追求感官刺激的低俗文化日益盛行，严肃文学，尤其是诗歌受到极大冲击。昌耀对此做出反应的较早诗作应该是《意绪》（1985年）：

> 说银月无光。说诗已贬值。信乎？
> 但我确信50年代仍是中年人心中祭奠的古典美。
> 我无暇论证。我无须论证。
> 史诗前沿有熠熠之篝灯。
> 我枯槁形体仍为执意赶路。②

由此看来，昌耀此时虽然注意到了这种动向，但既不做反

---

① 昌耀：《严肃文学的境况怎样，回答说：还行》，见《昌耀诗文总集》，作家出版社2010年，第842页。

② 昌耀：《意绪》，见《昌耀诗文总集》，作家出版社2010年，第284页。

驳，也不受影响，依然执着于诗歌。而且到 1986 年，昌耀的诗歌数量达到了历年创作量之首，一年 41 首。就是在这一年，他写了《生命体验》，对文学之变的感情已经比较明显了。全诗六章，每一章都出现了"无话可说"这四个字。这显然是不愿接受但并未否定的感叹之词。直到《燔祭》（1988 年 11 月 30 日），昌耀的情感反应达到了激烈的顶点，仅从章目来看，就有"悲哀""孤愤"这样的词，诗中则有"偶像成排倒下""语言溃不成军""神已失踪，钟声回到青铜"这样的沉痛诗句，大有为诗之死或人的精神之死而祭之意。写完《燔祭》十一天之后，《内陆高迥》就诞生了，由此不难看出它们之间的内在联系。

所以，在关于严肃文学的处境进行发言时，昌耀给出的三种选择，其实是对当时作家分流的一个概括。昌耀当然是第一种作家，负重而行的文学家，即严肃文学的坚守者，但他也因此承受着坚守的寂寞。从这个意义上来说，"月亮宝石"这个意象应来自英国作家威尔基·柯林斯的名著《月亮宝石》。因此，"谁与我同享暮色的金黄然后一起退入月亮宝石?"意思是谁与我一起欣赏作为精神食粮的文学名著?

因此可以说，《内陆高迥》这首诗中"我"拥有双重寂寞：作为常人的寂寞，尤其是作为诗人的寂寞。这是"钟声回到青铜"的寂寞，是诗人失去知音的寂寞。昌耀是非常渴望理解的，他在《昌耀的诗》后记中说："我所能勉力去做的，仅是设想自己的诗作尽其可能被同代知音接受，当作一个生命进击者跋涉的足迹而有会于心。"① 就此而言，"谁与我同享暮色的金黄然后一起退入月亮宝石"更是对知音的呼唤。

《内陆高迥》中写的另一个人是"一个蓬头垢面的旅行者"，这一节就是一个超长的句子，表面写的是旅行者，其实写的是"我"与"旅行者"的关系，"我"是一个观察者，"旅行者"是一个被观察到的对象。从"西行在旷远的公路"来看，观察者与被观察者之间距离很远，但"旅行者"的外貌却刻画得异常清晰，有望远镜和显微镜的双重效果：

> 一个蓬头垢面的旅行者西行在旷远的公路，一只燎黑了的铝制饭锅倒扣在他的背囊，一根充作手杖的棍棒横抱在腰际。他的鬓角扎起。兔毛似的灰白有如霉变。他的颈弯前翘如牛负轭。他睁大的瞳仁也似因窒息而在喘息。

这一节写得可谓精雕细刻，如同一个特写镜头，镜头拉得很近：背后的饭锅、腰际的棍棒、灰白的鬓角、前翘的颈弯、睁大的瞳仁，甚至发出喘息的声音。饭锅是旅行者随身携带的厨房，民以食为先，活着首先是吃饭问题。我见过随身携带被褥行李的人，没有见过背着饭锅的人，或许西北地区是有的。"燎黑了的"，说明这个锅用了很久。棍棒是累时作手杖用的。

---

① 昌耀：《〈昌耀的诗〉后记》，见《昌耀诗文总集》，作家出版社 2010 年，第 675 页。

鬓角灰白自然是年龄大了，昌耀写这首诗时52岁。四年前，他在《巨灵》（1984年）中就写过这样的句子："孩子笑我下颔已生出几枝棘手的白刺。""霉变"这个词是令人震动的，它几乎是对生命走向结局状态的一个提醒。锅是黑的，鬓角是白的，前白后黑，这个夹在黑白中间的身体被用得差不多了。"他的颈弯前翘如牛负轭"，"如牛负轭"这个比喻很容易让人想起昌耀在《烘烤》中写的那个"追寻黄帝的舟车"的人，"前倾的身子愈益弯曲了"。作者把这个旅行者的形象刻画得非常精细，我认为在昌耀所有作品中是最突出的。在其他诗人的诗歌中可能也看不到这么细致的刻画。所以，这个旅行者形象的刻画是这个作品最精彩的地方，体现出立体性和雕塑美。

然后看第五节。这一节写了旅行者的背景，这应该是一个全景，把旅行者推远，与刚才的细部刻画形成一种呼应。背景是三个"不见"："不见村庄。不见田垄。不见井垣。"很荒凉，没有一点人气；然后是"远山""沼泽"，分别被比喻成"巨型动物骨架"和"鲜绿的蛙皮"，充满了死亡的气息。正是在这个沙盘的背景中，旅行者升格为上帝的"挑战的旅行者"，作品也由写实转向了象征："旅行"成为追寻理想的象征，"挑战"成为抗争的象征。

那么，这个"挑战的旅行者"和"我"是什么关系呢？"他"是"我"看到的一个旅行者，还是这个旅行者就是另一个"我"或曾经的"我"？我觉得都有，但是首先必须把这个旅行者看成作者的自雕像。正如该诗第三节后半部分显示的："我直觉他的饥渴也是我的饥渴。我直觉组成他的肉体的一部分也曾是组成我的肉体的一部分。使他苦闷的原因也是使我同样苦闷的原因，而我感受到的欢乐却未必是他的欢乐。""他的饥渴也是我的饥渴""使他苦闷的原因也是使我同样苦闷的原因"，这是完全相同的，或者说是完全相通的。"组成他的肉体的一部分也曾是组成我的肉体的一部分"，"曾"这个词表明他们曾经相同，但现在未必相同了。"我感受到的欢乐却未必是他的欢乐"，这表明他们是未必相同的，可能相同也可能不同。也就是说，这里写了他们之间的三种状态：完全相同、曾经相同、未必相同。事实上，即使是同一个人在不同时期也不会完全相同。所以我认为作者在这里探讨的既涉及人与人之间的理解问题，也涉及对自己的理解问题。前者关系到爱，不理解他人就没有爱他人的可能，就会陷入寂寞；而后者关系到自我认识，不认识自我就缺乏智慧，也就没有快乐可言。从这个角度来说，"我"是理解他人也认识自己的，但缺乏别人对"我"的理解。我想这就是作者把"而愈益沉重的却只是灵魂的寂寞。/谁与我同享暮色的金黄然后一起退入月亮宝石？"这一节放在对旅行者的两次描写之间的一个原因。因为不被理解，"我"灵魂的寂寞才愈益沉重。从精神气质上，"挑战的旅行者"很像那个听候召唤的"赶路者"：

> 此后你听清了那个诱惑的词，于是情感的油脂立刻润滑你的嗓子眼，庄重的髯口随之娇饰你的假面。你起身，举态儒雅而风流。你每一吐字归音都饱满如你共鸣箱似的雄实胸廓。你一扫全部怠倦而有了用

之不竭的飞扬神采。

> 峡谷，我听到疾行的蹄铁
>
> 在我身后迫近。我不甘落伍。
>
> 而我听到疾行的蹄铁如飞掠的蝙蝠
>
> 在我身后迫近。我不敢懈怠。①

　　上面一节的描写采用了和旅行者相同的笔法，都是不分行的超长句群。尽管只早了一年，这一节塑造的诗人形象显然风光了很多，尤其是和那位沧桑的旅行者相比。但他们是不同时期的同一个人。这个赶路者是一个受到诗神召唤，急于创新而不甘落伍的诗人形象，他外表儒雅，神态庄重，内心充满自信和创造的冲动，是《内陆高迥》中旅行者的前身。种种迹象表明，这个"挑战的旅行者"就是"我"，就是"我"的身体形象和精神肖像，不过，作者处理的高明之处在于没有把"我"和"旅行者"直接合一，而是故意拉开距离，把"我"和"旅行者"写成了既高度相同又有所不同的人。

　　作品的最后一节，写了"一群旅行者"，与一个旅行者形成了对比：不同于一个旅行者的寂寞，这群旅行者是快乐的"豪饮者"。他们和"我"一样，也在河源，但比"我"更快乐："手执酒瓶伫立望天豪饮"，喝完以后把酒瓶摔碎在路上，显得

---

　　① 昌耀：《听候召唤：赶路》，见《昌耀诗文总集》，作家出版社2010 年，第 390-391 页。

很痛快。值得注意的是，这种豪饮被诗人概括为"一次准宗教祭仪"，为什么把这种生活中并非罕见的场景说成是"一次准宗教祭仪"呢？这就意味着它是精神性的行为，是一种驱魔仪式，驱逐体内寂寞的仪式。从后面把摔碎的酒瓶比喻成鳞甲来看，这一地碎片更像是豪饮者肉体的脱落物，是被他们从体内排解出的寂寞的变体，呈现出痛苦的表征。所以诗中接下来说"令男儿动容"，这个说法意味深长，"男儿"指的是谁？是豪饮者吗？是"我"吗？还是另有其人？无论指的是谁，至此，读者不难发现诗中写到的全是男人，没有一个女人，他们能不寂寞吗？由此来看，这种豪饮体现的并非真正的快乐，而是与寂寞抗争的方式。

无论是一个旅行者，还是一群旅行者，都出于"我"的观察，因而"我"这个寂寞的观察者也能直觉挑战者和豪饮者的寂寞，因为他们都生活在同一个空间——高原空间，他们都是孤独的人，孤独的内陆深深塑造了他们的孤独，这是在一个特别广阔的空间里才会生发的感受。内陆的孤独，人的孤独，内陆人对孤独的挑战以及对理想的追寻，促成了这个作品厚重深刻的品格。就此而言，《内陆高迥》远比同类作品《斯人》复杂，可与《慈航》《峨日朵雪峰之侧》并列为昌耀杰出的诗歌代表作。

事实上，此诗的创作和作者去拉萨的经历有关。1988年9月19日，昌耀在给非马的信中说："参加《西藏文学》举办的'太阳城诗会'才从拉萨返西宁。此系首次进藏，停日虽不多也算是遂了我平生心愿，颇觉意足。格尔木至拉萨1200余公里的青藏路段撼人心魄，尤其让我追怀。当车行昆仑、唐古拉，'屋脊意识'已极为强烈，煞白的冰山，凛然的大气，困顿的行旅，加之沿途时见的、仿佛出于宗教祭仪而铺陈一地的碎玻璃（我怀疑是天涯海客们聚饮抛掷的酒瓶之类），此时即便一声孩子的奶声细语，也会如同一声号啕令男儿家动容：能不感受到人生的悲怆！我称此行是一次生理与心理耐受强度的锻炼，是朝圣。圣者即大昆仑、大唐古拉。昆仑山口于黎明通过。抵唐古拉山口适值傍晚，司机曾特意停车让旅客稍做逗留，我也未失时机地从座舱爬出，刚一触地就觉下肢飘飘然已在作着'太空走步'，又觉煤气中毒似的（原就头疼），有心呕吐。我与少数几个下车旅客勉力朝后走了二三十步，瞻仰路旁一座石碑，方形碑石上镌刻着：'唐古拉山口海拔 5231 米'。其侧是一座以藏文镌刻的石碑，幡幢与哈达在风中嘶鸣，气氛森严。这是一个具有威慑力的高度，是一个让人感到孤独的高度，也有可能成为'人生极限'。回忆起此次'闯关'，我仍还感觉到那种异常，觉得山体那时是在脚底透射着一束束有魔力的光芒。那时我觉得自己就要晕厥了，但凭直觉又相信苦苦追求者可得超越。自有了这番体验，后来我也似乎就能理解僧人米拉日巴、莲花生等大师何以选择海拔 6714 米的冈底斯山脉主峰冈仁波齐作为苦修处所，他们此前几世纪以至十几个世纪留在那里的洞室至今还有迹可寻。"① 在这一大段描述中，有多处与诗中的意象重

---

① 昌耀：《致非马》，见《昌耀诗文总集》，作家出版社 2010 年，第 771-772 页。

合，"困顿的行旅""我称此行是一次生理与心理耐受强度的锻炼。是朝圣""那时我觉得自己就要晕厥了，但凭直觉又相信苦苦追求者可得超越"对应于诗中的旅行者；"仿佛出于宗教祭仪而铺陈一地的碎玻璃（我怀疑是天涯海客们聚饮抛掷的酒瓶之类），此时即便一声孩子的奶声细语，也会如同一声号啕令男儿家动容：能不感受到人生的悲怆！"对应的几乎是最后一节；"这是一个具有威慑力的高度，是一个让人感到孤独的高度，也有可能成为'人生极限'"对应的是前两节。由此可见，此诗基本上来自诗人的这次进藏经历，只不过做了较大的艺术转化，尤其是塑造了旅行者的形象。

在《诗的礼赞》（1986年）中，昌耀对艺术和诗的本质发表过如下看法："艺术的根本魅力其实质表现为——在永远捉摸不定的时空，求得了个体生存与种属繁衍的人类为寻求理想境界而进行的永恒的追求和搏击的努力（我将此视为人的本性），艺术的魅力即在于将此种搏击的努力幻化为审美的抽象，在再造的自然中人们得到的正是这种审美的愉悦。因之，最恒久的审美愉悦又总是显示为一种悲壮的美感……"[1] "我所理解的诗是着眼于人类生存处境的深沉思考。是向善的呼唤或其潜在意蕴。是对和谐的永恒追求与重铸。是作为人的使命感。是永远蕴含有悲剧色彩的美。"[2] 在我看来，《内陆高迥》最能体现昌

---

[1]　昌耀：《诗的礼赞》，见《昌耀诗文总集》，作家出版社2010年，第365页。

[2]　昌耀：《艰难之思》，见《昌耀诗文总集》，作家出版社2010年，第373、377页。

耀诗歌的悲壮美，诗中的那个挑战的旅行者就体现了"人类为寻求理想境界而进行的永恒的追求和搏击的努力"，体现了"人的使命感"。也许只有在这些观点的烛照下，才能更清晰地认识昌耀的崇高诗风是怎么变成悲壮的。崇高对应的是人对理想境界的寻求，而悲壮则源于崇高行为的受阻，以及生命受到的死亡威胁。正是在这个基础上，昌耀认为"艺术是灵魂的歌吟""诗，可为殉道者的宗教"。①

在我看来，《内陆高迥》中的这个旅行者体现的正是一个集寻求者、挑战者与殉道者于一身的形象，是最能体现昌耀诗歌悲壮美的人物形象。在昌耀的诗集中，有两本书的名字大有深意，《命运之书》与《一个挑战的旅行者步行在上帝的沙盘》。"上帝"可以置换为"命运"，也就是说，昌耀是命运的挑战者，他的悲壮正是产生在强大的命运与对命运的不妥协挑战的张力中，用他自己的话说就是："《命运之书》有两个含义：一个是探讨命运的书，一个是对命运的书写。我觉得我的生命的整个历程已经贯穿在跟命运斗争这样一个自始至终的过程。……我不妨参照我在书里题写的这段话：'简而言之，我一生，倾心于一个为志士仁人认同的大同胜境，富裕、平等、体现社会民族公正、富有人情。这是我看重的'意义'，亦是我文学的理想主义、社会改造的浪漫气质、审美人生之所

① 昌耀：《诗的礼赞》，见《昌耀诗文总集》，作家出版社 2010 年，第 365 页。

本……’"①就此而言，在昌耀的悲壮之作中，我认为《内陆高迥》的分量超过了《峨日朵雪峰之侧》。

我对《内陆高迥》这个作品的深刻感受是，它如同对鲁迅《过客》的一个改写，当然，也许不能说是改写，因为这个作品有鲜明的地域性，整体上比较写实。不过，这个挑战的旅行者其实也是一个过客。只是《过客》的寓言性更强一些，除了过客的形象以外，其中还塑造了两个人物形象，一个老翁和一个小女孩，主要情节是一个黄昏时分，一个过客在一家门口讨水喝，然后问前面是什么，对方说前面是坟墓，但他仍然往前走。就此而言，这个挑战的旅行者很像过客，至少他们有精神的共通性，在艺术上可能存在着继承性。事实上，昌耀本人也写过一篇《过客》（1996 年），写他在城市里面对诱惑的感受，对自己无缘享乐只能充当美的过客有所感慨，其艺术性根本无法与这首《内陆高迥》相比。

3. 《致修篁》和《傍晚。篁与我》：分行与不分行的效果比较

昌耀有两首写给修篁的作品，《致修篁》和《傍晚。篁与我》，两者都完成于 1992 年 9 月，前者于 1992 年 7 月 27 日完成初稿，9 月 21 日改定；后者写于 1992 年 9 月 2 日。也就是说，

---

① 昌耀：《答记者张晓颖问》，见《昌耀诗文总集》，作家出版社 2010 年，第 710 页。

前者写得早，定稿晚，后者处于前者初稿与改定之间。之所以将这两件题材相同的作品放在一起讨论，是因为它们采用了不同的形式：前者分行，后者不分行。不妨借此讨论一下分行与不分行的艺术效果有何不同。

傍晚。篁与我

傍晚。篁与我携手坐在刈割后的田野。

晚霞逐次黯淡下去。远处，矮小得出奇的人影已如香菇游移在地沿难于分辨。月光的出现终于使一切物象凝冻而呈颗粒性弥漫。

美啊，美得不能再美了。

如果说，此前的我们还是结庐在人境的奋斗中的角色，此际的我们已是远距世间，以局外人身份安坐田堤观赏着这种角色的看客了。

我将篁的手握得更紧一些。篁以相同的方式回报我：同谋者才有的灵息的沟通。

忽然，仿佛发自体内的一声呼唤，在密闭的前方，一团焰火陡地裂开，像是斗牛的饰鬈飘展，接着是两团、三团……是火链般飞动着的斗牛的狂阵，还似乎听得见人们如醉的喝彩，如此远去。一定是麦田刈割者将地上的杂草和残剩的秸秆点燃了。

篁，与我对视。我们各自从对方的瞳仁看到了跃动的斗牛的激情：火的激情。幸福感令人眩晕：一种英雄方式的对于平庸的排拒。

美啊，美得不能再美了。

阖上眼睑。当我们再次睁眼朝前望去，黑夜的那些火堆已不复存在：斗牛应已全部倒毙，或是逃亡。

静寂：永恒的体验——非意志所能左右的一场戏剧之终结。

自须臾体悟通古之道，打了一个寒噤，我与篁依偎得更紧了一些。[1]

这个作品的结构其实在题目中就有显示，题目中有两个人，一个是"篁"，一个是"我"，"篁"和"我"的关系构成了作品的核心结构。从作品中的描写可以看出他们的关系非常亲密，结合昌耀的年谱，可知他们不是夫妻，而是情人的关系，是一种爱的关系。所以这是一首爱情诗。

首先，第一行"篁"与"我""携手"，这是显示两个人亲密动作的一个词。然后，第五段，"我将篁的手握得更紧一些"，一个是"携手"，一个是"手握得更紧一些"，这是感情亲密的写照。也可以说是把文中所写的景物贯穿起来的一个动作。通过这两个动作，可以看出他们关系的深化。然后再看第七段的第一行，"篁，与我对视"，两个人互看，你看我，我看你。从对方的瞳孔里看到斗牛的景象。对视是两个人爱的流露，而且

---

[1]　昌耀：《傍晚。篁与我》，见《命运之书》，青海人民出版社1994年，第275—276页。

从对方瞳孔里发现一样的东西，这是爱的进一步深化。然后是"阖上眼睑""再次眨眼"，看见同样的景象，诗中所有的景物，都是他俩共同看见的，一模一样。所以景物在这里是感情的一种体现。从这个层面来说，这些写景物的地方全是用来表达感情的，强调他们心意相通，所谓"同谋者才有的灵息的沟通"，这一点非常重要，超过了景物本身的重要性。景物本身是什么，其实并不那么重要，重要的是两个人同时看见同样的景物，产生同样的感受，这才是爱的真谛。最后一部分，"依偎得更紧了一些"，这里用了一个"依偎"，前面是"手握得更紧一些"，这里是身体靠得更紧。这是贯穿全文的一个线索：从手的携、握、眼的对视、身体的依偎这些词来看，这是一首写爱情的诗。

这个作品写的第二个结构是人与物的结构，人就是"我"与"莒"，物就是文中写的田野里的景物。这个结构处于一个次要的位置。作者把田野里的景物写得很细腻，他写远处非常矮小的人影，打了一个比喻，像香菇游移在地沿，为什么要游移呢？因为人是会动的，写得非常好，远处的人影像香菇游移在地沿，游移在天边，难以分辨，因为是在傍晚，晚霞笼罩的时刻，我觉得这个句子一般作家很难写出来，也可以说是动静结合，也可以说是比喻。总的来说，这里体现了很高的写物水准。下面一句也写得很好，"月光的出现终于使一切物象凝冻而呈颗粒性弥漫"。"颗粒性弥漫"体现了一种非常真切的观察效果，特别是在一些有污染的地方、一些有尘埃的地方，在傍晚时分，会呈现这样的效果。所以，我觉得这一句写得非常精确，使用了一种雕刻的笔法，是非常具有现场感的写作。这些物是他俩共同所见，是引发他们共同感想的东西，所以是他俩爱的写照、爱的见证物，不是超越他俩关系的存在。这应该是非常清晰的。根据这样的双层结构，物为感情服务，"我"与"筐"的感情是主要的。里面有些词句可以理解一下。首先是"美啊，美得不能再美了"，这句话出现了两次。这个美到底是什么？我认为这个美就是他们的感情之美。结合语境来看，它第一次出现在第三段，第一段节写的是"我"与"筐"的关系、坐在一起观看的场景，第二段写的是景物，景物是他俩的眼睛同时看到的，这是引发第三段的基础。也就是说，美好像是描述眼前的景物，其实和爱情是密不可分的。看美景，两个人共同看到的美景，能不美吗？如果一个人坐在那里看景物，他还会觉得这么美吗？关于美是怎么生成的这个问题，如果有心爱的人坐在身边，看什么都美。何况他写这些也不一定是什么特别美的东西，所以我觉得这里的景物之美，要知道美的源头在哪里，源头是有心爱的人坐在身边，携手坐在一起，这种感觉促成了景物美。所以第三段表面上写的是景物美，其实写的是爱，是相爱的人眼中的景物美，从根本上说是爱情的美，不是景物之美，景物之美是一个表象。

然后再看第七段的第二行，"幸福感令人眩晕"，"幸福感"是怎么来的呢？幸福感就是爱的结果。"幸福感"这个词是爱的重要的关联词，要解释"幸福感"这个词，只能用爱来解释，不能用美来解释。当然美也体现了爱，我刚才讲美正是因为他们有爱，有爱才显得美，所以我认为幸福感来源于爱，也就是说爱造成了美，爱造成了幸福感，爱是根本。幸福是这个作品的一个重要主题，这肯定是没有问题的。幸福主题跟爱主题是一脉相承的，它源于爱。美和幸福都源于爱，所以这三个词可以作为关联词来分析。对这些关联词的分析要放在这样一对情侣的结构当中，我认为这三个关联词是这个作品最核心的词。

我下面说一下，这个作品的主题有一个变调，就是"英雄"这个词，这个词绝对不是这个作品最重要的东西，但也是这个作品的一部分，这个作品有复杂性。如果用美、爱、幸福来概括它，还不能概括完，有一个什么东西被遗漏了呢？就是英雄主题，一个相对重要的副主题。英雄是昌耀这个作家一贯强调的主题。因为这个作者从小参加志愿军，是个军人，是个男子汉，比较注重这些东西，所以对他来说，英雄跟他当兵的历史有一定的关联。他渴望的是一种英雄的生活，而不是平庸的生活。在爱情方面他也不甘平庸，是勇敢追求的。这个作品的英雄主题不是特别重要，为什么要分析它？主要是这个作品有"斗牛"这个意象，这个意象和英雄主题有非常大的关联，"斗牛"这个意象反复出现，强化了英雄主题。"斗牛"在文中出现了三次，写得最好的是第六段，写的是火焰，斗牛是虚的，幻化出来的，从火焰中看到的斗牛，体现了他的英雄观。这两个人的结合，确实经历了很多困难，常人可能没有这个勇气，因为他们两个都有孩子，而且他们也没有自己的房子，所以他们两个幽会的地方都是在田野，而不是在宾馆，因为他们不那么有钱，这和作品里写的是相符的。尤其需要注意的是，"我们各自从对方的瞳仁看到了跃动的斗牛的激情"，这一句非常明显地写出了他们之间的爱，这和从火焰中看到的斗牛是不一样的，从火焰中看到的是一种想象，这里的斗牛有一种写实的味道，对应着这两个人不顾一切地走到一起的爱情，所以说这两个人的爱情是勇敢的爱，不是胆怯的爱。因为他们的确不是年轻人了，有很重的负担，这一年昌耀已经 56 岁了，对方年龄也只比他小一点点，需要克服很多困难，包括社会舆论，为什么说是"一种英雄方式的对于平庸的排拒"呢？就是这个意思，如果换作普通人的话，可能就会放弃这份爱，但是他们两个都没有放弃，而且都从对方的眼睛里看到了斗牛的激情，他们两个都为了这份爱付出了努力。所以英雄作为副主题和爱是有内在联系的，体现的是爱的勇敢。

然后，再来看斗牛第三次出现，"斗牛应已全部倒毙，或是逃亡"，这有什么含义呢？刚刚的两次斗牛，不管是实的还是虚的，不管是火焰中的斗牛还是瞳仁中的斗牛，它们对对方来说都是爱的勇气。那么斗牛的消失意味着什么呢？从表面来看，斗牛是随着火焰而消失了，其实是爱的激情消失了。这是作品中写得非常细腻的地方，他把火焰比喻成斗牛，他们两个人都在看斗牛，他们从对方的眼睛中都能看到斗牛，因为瞳仁就像一面镜子一样，把你周围的景物都映于其中，所以我从你的瞳仁里能看到映照在你瞳仁里的火光，看到你对我的强烈的爱，所以说斗牛是从火焰中生成的隐喻。这个火焰的隐喻和后面火焰的熄灭是有关系的，火焰熄灭、斗牛消失后，爱能不能得到延续，这是一个问题。这个问题是比较隐蔽的，但它也是个问题呀。如果对他们两个的情况了解比较多的话，会注意到一个细节，这个女人后来确实离开了他，当然是短暂的离开。在 20

世纪 90 年代，如果一个人很有钱，就可以出高价征婚，挑选老婆。这个女的曾参与过这种征婚，被一个有钱人选中，跟他跑了一段，后来又回到了昌耀身边，这是一个小插曲，这个小插曲反映了 90 年代的爱情确实有一点不一样的地方，特别是和注重理想的 80 年代相比。所以，这里斗牛的倒毙或者逃亡，是不是意味着爱的勇气的丧失，体现了作者对爱的结局的不祥预感？我觉得可能是有联系的，后来的事实确实也是这样的。

这个作品的结构非常完整，逻辑性特别强，关于逻辑性，我说几个方面，第一个方面是携手握手对视阖上眼睑再次睁眼，这都是逻辑性的体现。然后是斗牛从火焰中出现，斗牛在瞳仁中的呈现，斗牛的消失，这也是逻辑性的体现。逻辑性，对这个文章来讲，确实是非常重要的一个方面。作者写得非常严密，这个架构非常严密，但是从表面上来看，它也不是一个呆板的东西。作者处理得很灵活，但是仔细分析，确实会发现它存在一种内在逻辑。从这个层面来说，这个作品是写得很高级的。

这个作品如果说有什么毛病，我认为主要集中在第四段，这一段显得有些多余。为什么说显得多余呢？从主题表达来讲，它分散了爱和英雄的主题，一个作品，不应该增加更多的主题，如果再用局外人这个主题来说，就会分散整个文章的主题，所以从主题表达这一方面来看，这一段的表达是失败的，我认为去掉更好。然后从写作的手法来讲，这个议论对整个作品来说也是一个不良因素，如果把它去掉，结构也没有特别大的断裂。还有后两段，"非意志所能左右的一场戏剧之终结"是古文句法，与整个作品的风格不协调；"自须臾体悟通古之道"也是古文句法，而且"通古之道"是什么，是永恒吗？表意玄虚不明。所以我觉得这两句可以删掉。我认为如果将这两处修改一下，这个作品就比较完美了。

致修篁

篁：我从来不曾这么爱，

所以你才觉得这爱使你活得很累么？

所以你才称狮子的爱情原也很美么？

我亦劳乏，感受峻刻，别有隐痛，

但若失去你的爱我将重归粗俗。

我百创一身，幽幽目光牧歌般忧郁，

将你几番淋透。你已不胜寒。

你以温心为我抚平眉结了，

告诉我亲吻可以美容。

我复坐起，大地灯火澎湃，恍若蜡炬祭仪，

恍若我俩就是受祭的主体，

私心觉着僭领了一份仪奠的肃穆。

是的，也许我会宁静地走向寂灭，

如若死亡选择才是我最后可获的慰藉。

爱，是闾巷两端相望默契的窗牖，田园般真纯，

当一方示意无心解语，期待也是徒劳。

我已有了诸多不安，惧现沙漠的死城。

因此我为你解开辫发周身拥抱你，

如同强挽着一头会随时飞遁的神鸟，

而用我多汁的注目礼向着你深湖似的眼窝倾泻，

直要漫过岁月久远之后斜阳的美丽。

你啊，篁：既知前途尚多大泽深谷，

为何我们又要匆匆急于相识？

从此我忧喜无常，为你变得如此憔悴而顽劣。

啊，原谅我欲以爱心将你裹挟了：是这样的暴君。

仅只是这样的暴君。①

《致修篁》是"我"写给"你"的一首爱情诗，"你"就是题目中的"修篁"，在诗中简称"篁"，更亲切。诗中采用直呼其名的形式、当面倾诉的语气，直接把读者带到了恋爱现场。在恋爱时，本来双方是对话，但在这首诗中，主要呈现的是男子的声音，只是偶尔夹杂着女子的声音，或者说，男子的声音把女子的声音覆盖了，或者说"裹挟了"，但这首诗仍有一定的复调性。女子的声音首先是在一个表达疑问的对句中体现出来的：

所以你才觉得这爱使你活得很累么？

所以你才称狮子的爱情原也很美么？

---

① 昌耀：《致修篁》，见《命运之书》，青海人民出版社 1994 年，第 274-275 页。

虽然很累但也很美，这是女子的感受。还有一句："你……告诉我亲吻可以美容"，仍然在强调爱的积极意义。除此以外，全是男子的声音、感受以及动作。所以这首诗主要揭示了这份爱对男子的意义，诗人把爱的意义放在生活困境中来写，放在对死亡的预感中来写，从而增强了情感的真实性和复杂性。

诗的开篇是"簦：我从来不曾这么爱"，既是向爱人说的一句话，又揭示了这份爱在"我"生命中的位置；结尾是一个抒情的"啊"字句："啊，原谅我欲以爱心将你裹挟了：是这样的暴君。/仅只是这样的暴君。"充分揭示了恋爱中男子的双重性：既是爱人，也是暴君。"暴君"这个词和张枣《镜中》的"皇帝"意思接近，它们都显示了恋爱中男子不无专断的主动性。但在这里，它并不构成对爱的伤害或控制。相反，"我"是担心"你"离开的，诗中有一句直接描写恋爱动作的诗："因此我为你解开辫发周身拥抱你，/如同强挽着一头会随时飞遁的神鸟，/而用我多汁的注目礼向着你深湖似的眼窝倾泻……"这动人的诗句是"我从来不曾这么爱"的最佳脚注。不过，这首诗给人印象最深的是"我复坐起，大地灯火澎湃，恍若蜡炬祭仪，/恍若我俩就是受祭的主体，/私心觉着僭领了一份仪奠的肃穆"，这堪称书写爱与死的经典诗句。昌耀是一个庄重的诗人，他在诗中不止一次写过仪式感，但像这样把爱的极度甜蜜直接融入对死亡祭仪的想象大概仅此一处。不能不说，昌耀是幸福的，他既体验了幸福的爱情，又把他体验到幸福爱情写成了与其对称的诗篇。

和《傍晚。簦与我》相比，它们都是极美的作品，写的都是恋爱现场，但一个是向恋人倾诉，情感激越，一个是对恋爱场景进行描写，氛围安静；一个是"我从来不曾这么爱"的抒情，一个是"美啊，美得不能再美了"感叹，更明显的是它们的表现手法及艺术效果也不相同。《致修篁》采用了分行的形式，凝练而富于节奏感。《傍晚。篁与我》采用了不分行的形式，自然舒展。如果硬要在这两个作品之间比个高下，或许不同的读者会有不同的选择。但是分行的作品就像昌耀所说的，体现了他"更多珍惜与真实感"，这种"压缩的文字更具情韵与诗的张力"。而且从创作过程也可以看出，《致修篁》先写了初稿，近两个月后才改定；而《傍晚。篁与我》可能是一气呵成的。诗毕竟高级一些，创作过程相对更耗时日。

第三章　昌耀的诗艺熔铸

昌耀的诗艺之所以那么精湛厚重，是和他对多种艺术语言的化用分不开的。正如他所说的："幸好，我于诗的定义一向看得很宽，宽得可用一切姊妹艺术共有的'美'尽数涵盖：我常从绘画、小说、音乐等艺术获得诗意的满足。"① 事实上，昌耀不仅从其他艺术中获得了诗意的满足，而且从其他艺术中获得了对诗歌创作有益的养分："我此生先后对绘画、乐器、书法……有所野心，终未得其门而入空怀慨叹，倒是漫长的逆境玉成了我诗的个性。我甚至要承认，正是这一番磨砺使我一日顿悟诗的'技巧'乃在于审美气质的这种自由挥写：我写我'善养'之'气'。凡人生种种都可成为'气'的涵养。我也试将自己平日对美术、音乐的某种领会移情于诗的创造，这种融合或贯通又岂止是对于前憾的弥补？"② 这里的"移情"似用词

---

① 昌耀：《以适度的沉默，以更大的耐心》，见《昌耀诗文总集》，作家出版社 2010 年，第 839 页。

② 昌耀：《花公鸡》，见《昌耀诗文总集》，作家出版社 2010 年，第 835 页。

不准，但能体会到昌耀大概是想表达转移或化用的意思，大意是"我也试将自己平日对美术、音乐的某种领会化用于诗的创造"，这表明，至少从 1985 年起，昌耀就有意将其他艺术的特色融入自己的诗歌创作中去。本章从他对音乐、绘画、雕塑等艺术的吸收与转化加以探讨，以展现昌耀的诗艺熔铸及其对现代汉诗发展的贡献与启示。

第一节　节奏感：昌耀诗中对音乐的化用

1. 昌耀的音乐题材诗

昌耀其实是个出身于军旅的诗人，如果他早年没有参军并结识未央，他是否会成为一个诗人还很难说。"我于 1950 年春考入 38 军 114 师政治部而成为师宣传队队员，授予的武器先是一双小军鼓木制鼓槌，后改作曼陀铃乐器一柄，再改作二胡一柄。是为我从事文艺工作的开始。"① 由此可见，昌耀与音乐结缘很早，比诗歌还早。

尽管昌耀的诗大多不注重押韵，但他很重视韵律感。这种

_____

① 　昌耀：《艰难之思》，见《昌耀诗文总集》，作家出版社 2010 年，第 374 页。

韵律感在很大程度上得益于他对音乐的借重。在《节奏：123……》（1981年）中，他宣称：

> 哆——唻——咪——
> 是我不倦的主题。
> ……
> 我用音乐描写运动。
> 我用音乐探索人生。
> 生的节奏在乐感中前进。①

在这首诗里，昌耀直接将音乐视为"不倦的主题"，这就意味着它是内在的、贯穿性的。随后他又用一个对句拓展了音乐对自己的意义，"用音乐描写运动"，把它当成一种基本的诗歌表现手法，"用音乐探索人生"更进一步，把它视为探索人生的工具。这样一来，从写诗到生活都是音乐性的了。由此可见，音乐是昌耀诗歌中的根本动力，是由感情催动的词语波幅。所以他在《我的诗学观》（1985年）中明确地说："诗是一种气质的放射，是气质的蒸发，是气质的堆塑……特定审美契机与之暗合。诗，自然也可看作是一种'空间结构'，但我更愿将诗视作气质、意绪、灵气的流动，乃至一种单纯的节律。但那元始的诗意应早在人类纪元开创之初就已在那里流动裕如了，有太

---

① 昌耀：《节奏：123……》，见《昌耀诗文总集》，作家出版社2010年，第153-154页。

初的透明、天真、单纯，随后相当的历史沉积使其变得庞杂斑驳，而多给人雄浑、穆武、壮烈感受——我作如此理解诗，实质上是一部大自然与人交合的'无标题音乐'，我们仅可有幸得其一份气韵而已。"① 昌耀注重诗的"空间结构"，但更看重意绪的流动，因此他让空间结构由意绪的流动而决定，将持续流动与瞬间稳定结合起来，类似于"无标题音乐"，以此生成其诗歌的气韵。但"穆武"这个词我第一次见，看来昌耀的扭词不仅出现在诗中，文中也有。

在《诗的礼赞》（1986 年）中，昌耀通过分析保罗·高更的名画《我们从何处来？我们是谁？我们往何处去？》进一步揭示了艺术与抽象的关系："艺术抽象是创造的必然，人性天性就轻视对于对象的如实描摹，而看重经过主体精神充分过滤——诗意化的抽象——之后的创造显示。文学抽象的极致可提纯为音乐感觉。一种仅在音乐般的感觉里被灵感感应的抽象，一种自觉地被慑服的美感，一种难以言传的诗意。"② 在昌耀看来，通过诗意化的抽象以达成"哲理性审美"为艺术的最高层次，正如保罗·高更的画名显示的。另外，从"我是岁月有意孕成的一爿琴键"（《艰难之思》）出发，昌耀还提出过"音乐机器"的说法："是以我至今仍保留着对于'文以载道、诗以言志'古训的敬重，主张每一位诗人在其生活的年代，都应是一

---

① 昌耀：《我的诗学观》，见《昌耀诗文总集》，作家出版社 2010 年，第 300 页。

② 昌耀：《诗的礼赞》，见《昌耀诗文总集》，作家出版社 2010 年，第 368 页。

部独一无二的对于特定历史时空做能动式反应的'音乐机器'，其艺术境界可成为同代人的精神需求与生命的驱动力。"① 从"一片琴键"到"音乐机器"，意味着诗人要对他表现的一切做韵律化处理。也就是说，赋予所写的内容以韵律感。

有时，昌耀还直接用乐器比喻自己的诗歌："我的诗是键盘乐器的低音区，是大提琴，是圆号，是萨克斯管，是老牛哞哞的啼唤……我喜欢浑厚拓展的音质、音域……"② 由此可见，昌耀一直注重内在韵律的营造，从而使他的诗歌具有鲜明的音韵美。昌耀甚至还用复调音乐评论过诗歌："这里我想说的是在读到全书最后一篇诗作《生命的颂词与挽歌》时的喜悦。我相信这是一件类似于西洋复调曲式音乐（对位法）技法运用的大型作品，它的复式结构与在同一向度同步展开的生死两大主题无论在横与纵的对应关系上都有着甚好的交融，唯如此不足以展示其大。换言之，唯有如此丰满的内容需要才成就了其首尾整合如一的曲式构成。关键正在于此。阅读效应是耐于思味并美妙的，诗中的死亡与新生都是如此同等地隆重，金碧辉煌。"③ 由此可见，音乐在昌耀作品中是一种核心性的存在，他的创作始终以音乐为参照和皈依。

① 昌耀：《诗人写诗》，见《昌耀诗文总集》，作家出版社 2010 年，第 623 页。

② 昌耀：《宿命授予诗人荆冠》，见《昌耀诗文总集》，作家出版社 2010 年，第 546 页。

③ 昌耀：《与马丁书》，见《昌耀诗文总集》，作家出版社 2010 年，第 716-717 页。

昌耀的音乐题材诗主要有《听曾侯乙编钟演奏〈楚殇〉》（1983年）、《钢琴与乐队》（1985年）、《圣咏》（1991年）、《圣桑〈天鹅〉》（1992年）等。其中，《钢琴与乐队》分四章，每章先把音乐转换成视觉画面，然后小结倾听的感受："渗透内心感觉""梦的感觉更多一些""有宣叙调感觉""是赋格音乐感觉"。从"宣叙调"和"赋格音乐"这些词中可以看出昌耀的音乐修养。《钢琴与乐队》全诗以"屋顶"为核心意象，将听到的音乐旋律转换成与屋顶相关的画面，并以画面中事物所处位置的高低暗示旋律的起伏。其中有一个以声音写音乐的句子："染色的水珠从檐角晾晒的衣衫滴落清潭发出钟鸣……"其实这句诗写的就是水珠从衣衫滴落的声音，作者把它比喻成了"钟鸣"，而且说它是"染色的"，即染上了周围事物的颜色，可以说昌耀在这里写出了有色彩的声音，并把这个声音置于密集的视觉画面中，同时给出了向下的方向感，并把它的来源，也就是衣衫，放在檐角，这意味着它的位置比屋顶低。由此可见这个诗句容纳的信息相当丰富。

　　昌耀是一个喜欢用"圣"字的诗人，仅从诗题来看，就有《圣迹》《冰湖坼裂·圣山·圣火》。他大概有崇圣情结。圣人和英雄不同，对昌耀来说，英雄跟他的军人身份有关，圣人则跟他的文人身份有关，体现的是他对文学或文化的尊崇，而且这和他的庄重风格也是一致的。昌耀在《命运之书》自序中说："有两件小事至今让我纳闷：一件发生在新哲农场（这场名的文化气味最初曾使我激动不已，以为其间真有什么'新圣贤'的熠熠灵光可待昭示）……"① 一个劳教所在地，仅仅因为其名字中有个"哲"字就让他激动，可见他的崇圣情结。"我不是朝圣者，但有着朝圣者的虔诚"（《印象：龙羊峡水电站工程》），这是昌耀的自我定位。

"圣咏"其实是一种音乐形式，公元 6 世纪末，罗马教皇格里高利一世为了统一教会仪式中的音乐，将教会礼仪歌曲、赞美歌等收集整理成一本《唱经歌曲》，共包括三千多首歌曲，后来被称为"格里高利圣咏"。格里高利圣咏只用人声，歌词采用拉丁文，不用器乐伴奏，不用变化音和装饰音，旋律简单，没有明显的节奏重音，速度徐缓，但较好地配合了拉丁文歌词的抑扬顿挫。下面是昌耀的《圣咏》全诗：

> 穹苍。看不到的深处
>
> 喜鹊的啼语像是钟表技师拧紧时钟涩滞的发条。
>
> 这么好听的暗示总会无一遗漏被人悄藏心底。
>
> 日子是人人遵行的义务。
>
> 昨天我还肃立在布满车辙的大地高声圣咏，
>
> 诵念一个由寒转暖的黄道周期功德圆满。
>
> 农妇躬身菜畦揭去草垫让秧苗承接太阳的恩施。
>
> 远处地沿有几罐柏枝燃起了烟篆，
>
> 吹送的薰香脱尽俗气。

----

① 昌耀：《〈命运之书〉自序》，见《昌耀诗文总集》，作家出版社 2010 年，第 506 页。

看不到的穹苍深处有一叶柳眉弯如细月。

风筝牵连的季节，儿童奔跑放飞自己的折纸。

诗人对窗枯坐许久深信写诗的事情微不足道：

一个字韵儿即便珑璁透剔又何如金黄的虫卵？

楼顶邻室的缝纫机头对准我脑颅重新开始作业，

感觉春日连片的天色随着键盘打印出成排洞孔。

河间瘫软溢满肥沃的流水。

喜鹊的啼语复使穹苍体态婆娑。

有位明星头戴酋长的羽饰站立花丛。

猎人弯腰模仿野兽作一声长噪，

变形的真实遂有了永恒的品格。

日子是香客世代参拜不舍的远路。①

《圣咏》这首诗写的并非什么引人瞩目的大事，既不是革命，也不是恋爱，而是再平常不过的现实生活，几乎无事发生的日常生活。也就是说，"圣咏"并非歌唱神圣，而是歌唱日常，这个词和它引领的内容之间不免反差太大了，但昌耀的非常之处就在这里。诗歌的开头是一个词"穹苍"，然后打上句号，这是昌耀的习惯用法，意思是"穹苍"是无所不在的背景，人人都生活在它下面，它就像一个坚固的屋顶，给世间万物以庇护。诗中出现的第一种声音是"喜鹊的啼语"，作者说它就像

---

① 昌耀：《圣咏》，见《命运之书》，青海人民出版社 1994 年，第 257-258 页。

拧紧时钟涩滞的发条时发出的声音，向人们提醒着时间的流逝，所以作者把它称为"这么好听的暗示"，喜鹊大概能给人带来喜悦，作者把它的叫声拟人化，构成了诗中的第一圣咏。在倒数第五行，又写到"喜鹊的啼语复使穹苍体态婆娑"，又把喜鹊和穹苍联系在一起，它的啼语不但提醒了人，而且愉悦了穹苍。此外，诗中还写到一个与穹苍相关的高处的事物，"看不到的穹苍深处有一叶柳眉弯如细月"。"一叶柳眉弯如细月"其实就是一枚柳叶弯得如眉如月，眉是人体高处之物，月是穹苍高处之物。这一句是没有声音的，但也是无声的圣咏。"圣咏"这个词初次出现在第五行，"昨天我还肃立在布满车辙的大地高声圣咏"，随后便是对写作的质疑：

诗人对窗枯坐许久深信写诗的事情微不足道：
一个字韵儿即便珑璁透剔又何如金黄的虫卵？

必须看到，作者对写诗的质疑其实是和生活中的美好事物相比的结果，而不是对写作的真正否定。这也体现了作者把生活看得重于写作的观念。诗中的第三个声音是噪音，"楼顶邻室的缝纫机头对准我脑颅重新开始作业"，这一句写得极具身体感，将噪音对人体的伤害写得触目惊心。另一个声音是"猎人弯腰模仿野兽作一声长嗥"，大概是狩猎的伎俩。

事实上，这首诗写得吸引人的是春天里充满生机的事物："农妇躬身菜畦揭去草垫让秧苗承接太阳的恩施。/远处地沿有几罐柏枝燃起了烟篆，/吹送的薰香脱尽俗气。/……儿童奔跑放飞自己的折纸。/……河间瘫软溢满肥沃的流水。/……有位明星头戴酋长的羽饰站立花丛。"整首诗写到的物极多，虽无一定秩序，却不给人凌乱之感。

诗歌最后归结到日子上，"日子是香客世代参拜不舍的远路"，给人一种岁月无穷、悠然无尽之感。即使对噪音这样貌似负面的事物也无抱怨，大有生活中的一切尽可领受的喜悦之感。整首诗意象密集，句式绵长，行文从容散淡，节奏始终处于有效的把控之中。可谓大俗即大雅，日常即神圣。

2. 昌耀诗中的节奏感：《圣桑〈天鹅〉》中"兀傲的孤客"

《天鹅》是圣桑于 1886 年创作的著名大提琴曲，芭蕾舞《天鹅之死》就是据此改编的。昌耀的《圣桑〈天鹅〉》也是一首动人的抒情绝唱：

> 你呀，兀傲的孤客
> 只在夜夕让湖波熨平周身光洁的翎毛。
> 此间星光灿烂，造境遥深，天地闭合如胡桃荚果
> 你丰腴华美，恍若月边白屋凭虚浮来几不可察。
> 夜色温软，四无屏蔽，最宜回首华年，钩沉心史。
> 你啊，不倦的游子曾痛饮多少轻慢戏侮。
> 哀莫大兮。哀莫大兮失遇相托之爱侣。
> 留取梦眼你拒绝看透人生而点燃膏火复制幻美。

影恋者既已被世人诟为病株，

天下也尽可多一名脏躁狂。

于是我窥见你内心失却平衡。……

只是间刻雷雨。我忽见你掉转身子

静静折向前方毅然冲破内心误区而复归素我。

一袭血迹随你铺向湖心。

但你已转身折向更其高远的一处水上台阶。

漾起的波光玲玲盈耳乃是作声水晶之昆虫。

无眠。琶音渐远。①

　　这首诗开篇就是一个直接抒情的"呀"字句，"你呀，兀傲的孤客"。"兀傲的孤客"这个命名耐人寻味，它表面上写天鹅，其实是写自己，把自己写成了天鹅，或者说把天鹅写成了另一个自我。这个高度心灵化的意象尽管孤单却很高傲，拒绝世人的同情。诗人把这只天鹅放在一个极美的空间里，以空间之美衬托天鹅之美："你丰腴华美，恍若月边白屋凭虚浮来几不可察"，把天鹅比喻成"月边白屋"堪称绝妙，凸显其高大洁白安静，在和自己一样白的月光下浮过来，像梦幻一样几乎让人难以察觉。

　　然后，第二次咏叹"你啊，不倦的游子曾痛饮多少轻慢戏侮"，"不倦的游子"显然是"钩沉心史"的产物，也就是说，

---

　　①　昌耀：《圣桑〈天鹅〉》，见《昌耀的诗》，人民文学出版社1998年，第245页。

"兀傲的孤客"对应于现在的自己,"不倦的游子"对应于历史中的自己。抒情从这里开始了,这里的"你"与其说是天鹅,不如说是诗人的灵魂自我,因此诗中出现了"痛",以及"哀",显示了这个绝美之物的内心世界。回过头来再看"只在夜夕让湖波熨平周身光洁的翎毛",方能体会这一句中的"熨平"是写心情的,湖波在抚慰受伤的心。受了什么伤呢?"哀莫大兮失遇相托之爱侣",最大的悲哀莫过于挚爱一个人,那人却无回应,"相托"一头碰上了"失遇"的墙壁。而痴情的诗人仍"留取梦眼""拒绝看透人生而点燃膏火复制幻美",一方面不肯相信现实的残酷,另一方面克制不住自作多情,仍时时在心中幻想对方的美丽影像。在另一首相关的诗里,诗人告诫自己不要陷入"浅薄的自作多情",但"浅薄的自作多情"与深厚的自作多情有何不同?不都是"多情应笑我"吗?可以说,这首诗写的就是失恋的痛苦以及艰难的化解,所谓"冲破内心误区而复归素我",但"复归素我"是难的,甚至是不可能的,诗人已经从"素我"变成了一个"影恋者",一个"脏躁狂",一个痛苦的承受者。痛苦分明很强烈,却表现得很克制:"雷雨"其实是"内心失却平衡"的结果,是体内疼痛的强烈发作。"一袭血迹随你铺向湖心",这袭血迹自然源于受伤的心,当它染红湖心,就整个改变了诗歌开篇呈现的华美色调。

最后一行有"无眠"二字,但无主语,其主语应该是"我",因为此诗后半部分明显形成了"我"与"你"的二元关系,"我"是天鹅的观察者,当天鹅远去之后,"我"仍为它揪心不已。这个"我"表面上是个见证者和叙述者,其实是

"我"的躯壳，真正的"我"就是"你"，就是正在远去的天鹅，就是"我"那颗表面平静却在流血的灵魂。大体而言，整首诗先描写再抒情又回归描写，心情由平静到爆发又渐趋平静。前面多用短句，尤其是四字句，形成鲜明节奏，对应于平静的画面；后面多用长句，对应于复杂感情的汹涌纠结。全诗的韵律基本上随情感而流变。

这首诗的语言极度扭曲，对应于当时心灵受伤的痛苦。诗中多用古语古句，或许对应了诗人因激情受挫而产生的封闭心理，所谓"天地闭合如胡桃荚果"，不过古语运用似乎有些过了，像"哀莫大兮"接近古语复制，应是"哀莫大于心死"与楚辞中"兮"字的合成，其实完全可以转换为"啊"字句。尤其是"漾起的波光玲玲盈耳乃是作声水晶之昆虫"，这一句由于表意的复杂不仅滞涩，而且有些不通了。作者本来想表达的意思是：漾起的水波的清亮响声充满耳朵，发出一种像水晶昆虫发出的声音。这是把听觉转换为视觉，意在用它平复痛苦，问题是"是"与"乃"同意，没必要合用。客观地说，昌耀有滥用"是"字的倾向，再举一例，"此生注定是永远走在一条崎岖险径"（《烈性冲刺》）中的这句诗就多用了一个"是"字。这里的"作声"意思是发出声音，"水晶"是形容昆虫或声音透明的，"昆虫"是可以歌唱的动物。当这些词以凝练的方式被堆在一起后显然是不符合汉语句法的。这种词语的扭结或许也是诗人内心痉挛的表征。

最后说一下这首诗的修改情况。《圣桑〈天鹅〉》这首诗最早收入诗集《命运之书》，至《昌耀的诗》定稿。共删改两处，一处是将"天地闭合如胡桃荚果之窾窍"的后三字删除，"窾窍"是诀窍的意思，用在这里不准确。最后一句"都说宇宙仍在不尽地膨胀"删除，这句诗意很大气，但它强调痛苦的反弹，与诗歌的整体情感趋势不符。删去后以"琶音渐远"结尾，余音缭绕，余味不尽，更好。

3. 昌耀文中的节奏感：《一条大河的支流入口处》

一条大河的支流入口处

他俩是这片水渚的仙客。她是他的爱。他是她稳定的陆地。女人枕着男人的腿股稍事歇息：做十分钟的梦。这言语连同允诺使爱着的人脸上泛起一抹柔光。

他俩是在一条大河的支流入口处，林木伐尽的滩头布满藕孔似的伤洞，浸泡在波影让人垂怜。蛙鸣清幽，而河音澄净。几个裤脚管高高挽起的少年，从浅水走向前边不远一面水瀑高悬的拦河坝。他们已经走得很高很高了。坝的那面必是一片光明——他做如此之感想。

她是他期待的舟渡。他为她监看蚂蚁。为她遮阳。他们共有一种穿越磨劫远赴圣土朝拜的感觉（一种相约携手的默契）。——"假如万一肉体不能支撑？"不，肉体会听命于灵魂。

这是五月里的一天，我的情绪安详，内心充实。在我前面潴留的浅水波纹细细荡起，令视觉白花花一片。我感觉身边睡卧的爱人在梦里拈花含笑踏行清波如履自动扶梯逐次升高，发髻之后有一缕蓝光似烟，透射出思维深邃的彩幅……

1993 年夏①

一条大河的支流入口处

他俩是这片水渚的仙客。

她是他的爱。他是她稳定的陆地。

女人枕着男人的腿股稍事歇息：做十分钟的梦。

这言语连同允诺使爱着的人脸上泛起一抹柔光。

他俩是在一条大河的支流入口处，

林木伐尽的滩头布满藕孔似的伤洞，

浸泡在波影让人垂怜。

蛙鸣清幽，而河音澄净。

几个裤脚管高高挽起的少年，

从浅水走向前边不远一面水瀑高悬的拦河坝。

他们已经走得很高很高了。

坝的那面必是一片光明——他做如此之感想。

---

① 昌耀：《在一条大河的支流入口处》，见《昌耀的诗》，人民文学出版社 1998 年，第 263 页。

她是他期待的舟渡。他为她监看蚂蚁。为她遮阳。

他们共有一种穿越磨劫远赴圣土朝拜的感觉（一种相
　　约携手的默契）。

——"假如万一肉体不能支撑?"不，肉体会听命于灵魂。

这是五月里的一天，我的情绪安详，内心充实。

在我前面潴留的浅水波纹细细荡起，令视觉白花花一片。

我感觉身边睡卧的爱人在梦里拈花含笑踏行清波如履
　　自动扶梯逐次升高，

发髻之后有一缕蓝光似烟，透射出思维深邃的彩幅……

　　以上是昌耀《在一条大河的支流入口处》的原文和分行版，
如果昌耀当初以这种分行的形式刊出此作，想来不会有人质疑
这是一首诗。尽管在我这个尝试性的分行中，有的诗行过
长——我是考虑到句意的完整性才这样处理的，其实还可以考
虑跨行，跨行在现代汉诗中很常见。所以，给它分行的版本绝
对不止一种，可随分行者的意愿自由伸缩。

　　我给它分行的目的只有一个，就是考察昌耀的"不分行的
文字"有没有节奏感，或者说节奏感是否鲜明。从这个作品的
分行情况来看，节奏感是明显的。像"蛙鸣清幽，而河音澄净"
这样的句子既凝练又精美，昌耀诗中最好的句子也无非如此。
"她是他的爱。他是她稳定的陆地"，写他俩关系的这个句子如
同一个接近于顶针的对句，而且很有节奏感，也是上好的诗句。

可以说，这样的作品，就像昌耀说的那样，无论是否分行都是诗。因为它的节奏感是内在的，即使不分行也仍然存在于其中。从我分行的情况来看，前面每行的字数较少，后面略多。这在某种程度上体现了后面诗意的复杂。下面做一个具体的分析。

这是昌耀写他和爱人约会的一个写实的作品。"仙客"这个词并不意味着虚写，它跟文学传统有关联，其实是对现实中两个幸福的人的写照。关键是为什么前三节是"他"和"她"，后一节却是"我"，为什么要这样转换？前三节是一个旁观的视角，好像跳出自己身外来看，就像旁观别人恋爱一样。在看别人恋爱的时候和自己恋爱的感觉是不一样的，置身于恋爱之中的一个角色跟旁观另外两个人谈恋爱的感觉是不一样的。所以我认为前三节写的是旁观自己恋爱的一个视角，这不是虚构，也不能认为是想象和回忆，它也许有一种梦幻感，有那种更美的感觉。看别人谈恋爱的那种心里面痒痒的感觉，好像非常美好的样子，其实美好的这个角色就是自己，这样的一个视角转换体现了幸福的旁观者和处于幸福中的人的转换。在前三节中，好像是在旁观别人的生活，其实幸福的人就是他自己。所以这四节都是写实的，只不过写的视角不一样。其实第四节也完全可以沿用"他"，因为"他"是一种面具，或者说"他"更有普遍性，世界上任何一对情侣都可以套到这里面去。到最后一节变换成"我和我的爱人"这样一个关系，这在视角上是不一样的，前三节叙事性比较强，后面这一节基本上没有叙事。使用"我"这个第一人称确实感情更明显了，有了更突出的效果。所以我觉得这是旁观自我跟直接描写自我的视角区别：就是从戴面具写作到去掉面具本色出演幸福的角色，那个幸福的角色就是"我"。

接下来讨论一下这个作品的时间与空间。首先确定一下这个作品里的时间，它肯定不是在夜里，其中有一句"令视觉白花花一片"，这是一个阳光明媚的日子，时间估计是在一天的正午或者午后，是白天的一个场景，而且这个作品的最后一节也写到了阳光，"发髻之后有一缕蓝光似烟"。昌耀的作品里不止一次写到过发髻，他有一首诗就叫《螺髻》，该诗最后一句是"如许螺髻却是我美感的归宿"，由此可见他对发髻的喜爱。那么，这个蓝色的东西是什么呢？我认为可能是头上戴的一个蓝色的发卡或者其他装饰品，在阳光的照耀下发出蓝光，有一种烟一样的效果，而"透射出思维深邃的彩幅"就是说这个蓝光引人联想思考。以上两处都是写阳光照射的场景，表明这是在白天阳光很好的时候，不是夜里，不是黄昏，这跟诗人的心情也是一致的，都是明朗的。这和写傍晚的作品（《傍晚。篁与我》）不一样，但都是写爱情幸福的作品。

第二个问题是空间，在一条大河的支流入口处，这个空间肯定是写实的，关键是这种写实有没有象征含义，如果有，它是什么象征含义呢？"一条大河的支流入口处"，这是很有意味的用词，它也是题目，所以比较重要。这个地点有一种隐喻性，暗示他们两个之间的关系，他俩的人生道路在这里会合了，这是跟他俩爱情有关联的一个词，不是一个单纯写景的词。

第三个问题就是这个作品的虚实问题。可以这样说，美好的爱情摆在眼前有一种不真实感，如梦似幻，这个作品里是有这种感觉的，但是在哪里呢？这个作品写虚的地方在最后一节，即"我感觉身边睡卧的爱人在梦里拈花含笑踏行清波如履自动扶梯逐次升高"，这里面有两个词，一个是"感觉"，一个是"梦里"，就是说"我"窥见了爱人的梦境，只有两个非常相爱的人才能写出这样的话，才能看到爱人的梦。作者这样写突出了对爱人的理解，因为太爱她了，所以懂她在想什么。感觉到爱人的梦，是对两人相爱程度很深的一个写照，不管是梦也好，感觉也好，都是这么一个意思。他又写到梦里爱人的发髻，写它受到阳光的照射，它又是写实的，虚中有实，作者把眼中的所见写到了梦中，真正的幸福让人有一种做梦的感觉，可以说这个作品写出了两个相爱的人在一起的那种梦幻感。其中自动扶梯这个词很有现代感。

刚刚分析了三个比较重要的问题，分别是人称的变化、时间的体现、空间的隐喻，这个作品的空间还有一个地方比较重要，就是"伤洞"这个词，这个词应该是昌耀的一个独特创造，"林木伐尽的滩头布满藕孔似的伤洞"，他不说是像伤口。"伤洞"这个词指的是河滩上的一些小洞，是水流冲刷留下的一些痕迹，留下一些细微的孔，他把这些痕迹比喻成藕孔，又比喻成"伤洞"，这体现了昌耀的创造性，也确实写出了昌耀命运的一部分，写出他饱受伤害以后的一种状态，这也使作品的主题比较复杂，他的幸福不是单纯的幸福，好像是苦尽甘来的幸福，但这幸福能持续多久呢？他提出了这个问题，"假如万一肉体不能支撑"，他们能不能坚持呢？其实这里面是一种交流，也许是自己与自己的交流，也许是与爱人的交流，这是新生活的开始，但这种生活能持续多久呢？还是一个疑问，这也带来了一些不确定的因素，跟爱的主题形成一定的关联性，这是经历伤痛之后的爱，这种爱更加珍贵。这种爱的不确定性和对爱的信仰在整体上是比较阳光的，但是也有一些负面的东西、不确定的东西，所以使这个作品的主题比较复杂。

我认为这个作品最重要的关键词是"爱"，这个作品中多次写到"爱"，把"爱"写得非常身体化，两个人的亲密度写得很直接，没有一点不好意思，"女人枕着男人的腿股稍事歇息：做十分钟的梦"，所以这是一个写"爱"的作品，尽管这个爱仍有不确定性，但整体上是非常美好的，给作者带来了极大的快乐，可以称为"仙客"的爱。

第二节　画面感：昌耀诗中对绘画的化用

1. 昌耀的绘画题材诗与"音画"观念

昌耀很早就有画家梦。他说："我不能确证我的'作家梦'始于何年，但可以肯定我的'画家梦'当会更早一些。……想起孩提时代以红泥或木炭余烬在村壁涂抹的那些无师自通的'无主题绘画'心上仍觉温热。我一生于造型艺术有特殊兴趣……"① 似乎出于对"画家梦"的弥补，昌耀有一段时间特别迷恋摄影。1990 年 3 月 27 日，他在给张玞的信中说："前两年学了一阵摄影，于今还想学油画……"② 由此可以看出他对造型艺术的浓厚兴趣。昌耀对造型艺术的看法可从《北冥有鱼，其名为鲲——彦涵木刻作品观后》（1991 年）管窥一二：

　　我个人更乐于欣赏彦涵先生晚近作品。我无意以写实、写意定优劣，尽管先生晚近作品多义多解性的抽象风格倾向使其创作呈现出前后截然有别的分期。我只是说彦涵晚近作品哲理性与情绪性意象的追求为其表现领域另为拓出了一片空间，得以驰骛其间的画家本人的心理个性特质、学养品貌、意志与情感色彩因之都有了与主题同等传达的品格。问题非关"写实"。其实，柯勒惠支的腐蚀版画《农民战争》或万徒勒里为聂鲁达诗歌所作单幅木刻也未尝不"写实"，但却是高度心灵化的作品——心灵化，这样表述我的本意似更准确。

　　大体而言，彦涵复出之前的版画更属于戏剧性的情节性绘画，如成名作《审问》《诉苦》《豆选》。复出之后的版画更接近音乐或诗，如《火情》（1985）、《大羽》

　　① 昌耀：《艰难之思》，见《昌耀诗文总集》，作家出版社 2010 年，第 372 页。
　　② 昌耀：《致张玞》，见《昌耀诗文总集》，作家出版社 2010 年，第 767 页。

（1986）、《垂天大翼》（1989）……那么画风的变化岂止是视觉空间在画幅上的变化，而不也意味着始于画家本身的内心历程与人生体验之深化？是以彦涵后期作品多让人感到作为一有机体中常有的生命气息，并是那一活力充盈的动态结构之美。①

由此可见，昌耀推崇的是在写实的基础上达成的心灵化画风。他谈到的戏剧性的情节性绘画大体属于写实，而高度心灵化的作品则接近音乐或诗，注重抒情氛围的营造。同时他认为画风的变化其实源于画家的内心历程与人生体验的深化。这既是昌耀的绘画观，也符合他的诗歌观。

昌耀的绘画题材诗主要有《人物习作》（1984 年）、《招魂之鼓（唐小禾程犁〈跳丧〉壁画图卷读后）》（1985 年）②、《两幅油画：〈风〉与〈吉祥蒙古〉》（1989 年）等。其中，《招魂之鼓》是一首激动人心的诗，它呈现的是一种"和鸣之象"：

众人啊……招魂之鼓！

无有表情的表情是至真至诚至恸的表情。
无声的号泣是刺心至深至毒至美的号泣。

---

① 昌耀：《北冥有鱼，其名为鲲——彦涵木刻作品观后》，见《昌耀诗文总集》，作家出版社 2010 年，第 477、478 页。彦涵（1916—2011），原名刘宝森，江苏连云港人，版画家，艺术教育家。

② 唐小禾（1941— ），程犁（1941— ），夫妻艺术家。

试以母体恩赐的青春长发抛作绕梁余音。

赤胸袒腹裸背而相扑相呼相嚎……奏为招魂之鼓。

而跳踉之，搏跃之，叩击之，失其度，失其态。

而复归于宇宙洪荒中拼力蠕动的人形虫。

复归于原始的火。复归于气。归于飘。……

自从人之成为人以来——饮血、饮泪、饮光、饮土、
    饮铁、饮风、饮露、饮男女、饮爱、饮善恶之
    果……

总也解不开千古的困扰，

而以哭当歌，以肉感为呐喊，以沦丧为振呼。

于是跳吧，跳吧，跳吧，跳吧，跳吧……

于是跳下去，直跳到天荒地老而后可。

生的强音无可奈何，

竟落在招魂之鼓！①

这首诗紧扣《跳丧》图中的鼓展开，鼓是一种声音激越的
乐器。这个取材就把壁画音乐化、心灵化了，因此该诗抒情性
极强。开篇便是一个直接抒情的"啊"字句："众人啊……招魂
之鼓！"所谓"招魂"自然是招逝者之魂，"跳丧"大概就是为

---

① 昌耀：《招魂之鼓》，见《一个挑战的旅行者步行在上帝的沙
盘》，敦煌文艺出版社 1996 年，第 95-96 页。

亲人之丧而跳舞，以跳舞的方式为逝者招魂。从画面来看，《跳丧》图中有一男子坐地击鼓，众男女环绕跳舞，动作幅度很大，以至人体都显得很扭曲，用诗中的句子来说，就是将父母恩赐的肉体"复归于宇宙洪荒中拼力蠕动的人形虫。/复归于原始的火。复归于气。归于飘"，画中由于丧亲之痛而极度扭曲的身体显然是内心激情的外化。这种因激情而变形的画风显然和昌耀对彦涵木刻作品那种心灵化的评论高度相符。在第三节中，诗人结合自己的人生体验对壁画进行描述，十个"饮"引领的排比句对应的是在父母之爱的笼罩下生命的成长过程，五个"跳吧"则体现了舍命报亲恩的激烈心情。这种接近疯狂地跳，符合昌耀概括的"形变实即情变"的原理："我很欣赏这种从生活感受出发升华的、渗透了创作者主体精神的艺术真实——心境辐射的真实，形变实即情变的真实，梦幻的、乐感的、诗的真实。"①《招魂之鼓》这首诗多用古语和古文句法，或许暗示这种丧礼古已有之。

在某种程度上，《招魂之鼓》也属于昌耀所说的"音画"诗。"音画"是昌耀在一封信中提出的观念，体现了他将音乐与绘画融为一体的探索。他说："我并不勉强让读者全都喜欢自己的作品。我只可能让某些作品被尽可能多的读者接受，而另一类为题材表现所限的作品原就只可能被为数不多的某一部分读者接受。近期我写的一首诗稿《西乡》就属于后一类，层次交

---

① 昌耀：《花公鸡》，见《昌耀诗文总集》，作家出版社 2010 年，第 836 页。

错重叠，富于色彩变幻，具有音画的空灵效果……"① 《西乡》
（1990 年）是一首较长的诗，这里摘引一个片段：

我独自一人过桥往西
留下马蹄和石子相磕的节奏落在夕阳
蜂蝶一般也恰合时宜。
太阳风的旋涡有一农妇淹没，
张扬的筒裙笼罩在田野秋日的铃鼓，
她趁势曲起腘窝并以肘臂掩饰射来的光雨，
那份幸福感从她如诉的眼神暴露得淋漓尽致。②

这节诗的确将画面感与韵律感融合在了一起，不断变换的
画面中充满了韵律，将一个秋日傍晚里的农妇展现得真切动人。
其中的声音是"马蹄和石子相磕的节奏"，还把秋日的田野比喻
成铃鼓。后三句画面感极强：风将农妇的筒裙吹起，笼罩了田
野，她急忙蹲下来，用胳膊挡住射来的光，眼中流溢出欣喜。
其实"音画"中的"音"指的不仅是写到的声音，更主要的是
指赋予画面以内在的声音，即韵律。所谓内在的韵律必然有外
在的体现，必然通过相应的词语体现出来，也就是说，诗歌中
的内在韵律与外在韵律是一致的，只有内在韵律而无外在体现

---

① 昌耀：《致 SY》，见《昌耀诗文总集》，作家出版社 2010 年，第
727 页。

② 昌耀：《西乡》，见《昌耀诗文总集》，作家出版社 2010 年，第
470–471 页。

其实就是没有韵律。从所引的这一节看，一三五六七最后的字"西""宜""鼓""雨""致"是押韵的，这就是内在韵律的外在体现。否则标榜诗中有情感韵律，却无相应的语言支持，那不过是自欺欺人的说法。当然，韵律并不限于押韵，也可以由节奏体现出来。事实上，中国古代向来有"诗中有画"的说法："味摩诘之诗，诗中有画；观摩诘之画，画中有诗。"（苏轼《东坡题跋·书摩诘〈蓝关烟雨图〉》）其实"诗中有韵"也是中国古诗的传统，尤其是律诗，诗中的韵分布极其广泛密集，节奏对偶押韵平仄等等。昌耀提出的"音画"观念在某种程度上可以视为"诗中有画"与"诗中有韵"的融合。这对现代汉诗的发展是有启发的。至少昌耀本人有意识地在创作中落实了这种观念，在他的优秀诗歌里往往能达成画面与韵律的融合。

2. 昌耀诗中的画面感：《一百头雄牛》

一百头雄牛

1

一百头雄牛噌噌的步武。
一个时代上升的摩擦。

彤云垂天，火红的帷幕，血酒一样悲壮。

2

犄角扬起，

遗世而独立。

犄角扬起，

一百头雄牛，一百九十九只犄角。

一百头雄牛扬起一百九十九种威猛。

立起在垂天彤云飞行的牛角砦堡，

号手握持那一只折断的犄角

而呼呜呜……

血酒一样悲壮。

3

一百头雄牛低悬的睾丸阴囊投影大地。

一百头雄牛低悬的睾丸阴囊垂布天宇。

午夜，一百头雄性荷尔蒙穆穆地渗透了泥土。

血酒一样悲壮。

1986. 3. 27①

---

① 昌耀：《一百头雄牛》，见《命运之书》，青海人民出版社 1994 年，第 168-169 页。

昌耀最喜欢写的动物大概是牛，他还写过《牛王》，在《雪。土伯特女子和她的男人及三个孩子之歌》中也写到了牛。这首诗写的是雄牛，充满了十足的雄性气质。从表面上看，这首诗写的只是雄牛的群像，外加几处背景设置，却对人产生了很强的冲击力。在我看来，这主要得益于诗中呈现了伴随着声音的动态画面感。该诗以群牛像为主体，先写了它们整齐的步武。昌耀没有用"步伐"这个词，"步武"是个古语，而且叠韵。"噌噌"是个象声词，它本来源于雄牛群的脚掌与大地的快速摩擦，却被说成"一个时代上升的摩擦"，这种转移别具深意。它改变了事物的方向感，把与大地平行的摩擦写成了上升性的，这无疑体现了作者对时代趋势的洞察。与这种上升的方向感相应，作者配置的背景是高处的云天，"彤云垂天"，大片红云从高高的天幕垂下，"血酒一样悲壮"，这是此诗的主旋律，每章呈现一次，是贯穿性的。值得注意的是，作者为何强调悲壮？难道仅仅是由彤云引发的吗，还是对毛泽东词中"残阳如血"的应和？如果仅仅是这样，这首诗中的悲壮就是外来的，而不是内在的，也就是没有力量的。就此而言，"悲壮"应该与"上升"有关，是在上升中产生的。

　　接下来看第二章，在这一章里，作者把笔墨集中于雄牛的犄角，两次强调"犄角扬起"，而"扬起"与"上升"是呼应的。"一百头雄牛扬起一百九十九种威猛"，每一只犄角扬起得都是威猛。为什么少了一只？后文告诉我们，有一只犄角折断了，由号手握持着，在号手的号与折断的犄角之间，分明存在着因果关系。这些雄牛分明被写成了出征的勇士，其中的一员负伤了。悲壮即生成于此。但号手仍在吹，"而呼呜呜……"，他们仍在前进。可以说这一章将悲壮内在化了，同时彤云也飞行起来，似与一百头雄牛保持同步。

第三章将笔墨集中于雄牛的睾丸阴囊，如果说犄角体现的是攻击性的话，睾丸体现的就是生育性。作者先用一个对句，将雄牛的睾丸阴囊无限放大，把它们置于大地与天宇之间，此时彤云的背景已经消失，时间从白昼转向了午夜，方向从上升变成了下降，"午夜，一百头雄性荷尔蒙穆穆地渗透了泥土"，这是孕育新的雄牛的时刻。这首《一百头雄牛》写出了大场面、大气势、大声音。

如果说《一百头雄牛》的风格是悲壮的话，《牛王》的风格就是崇高。在昌耀的诗歌中，《牛王》非常接近《河床》，它们一个写山水，一个写动物，一样地节奏鲜明，音韵铿锵，是昌耀崇高诗歌的代表作。它们的主要差异是，在《河床》中，作者采用的是第一人称，直接以"我"代河床立言；而在《牛王》中，却是用第三人称对牛王进行描述。这样一来，《河床》中那种宣谕般的过于肯定的语气便受到了限制，这反而使《牛王》显得客观实在，尽管作者对牛王也不吝赞美，但对它的赞美是渗透性的，而不是宣泄性的。所以，《牛王》中尽管有一个"王"字，其实和政治没有什么关系。但它和《一百头雄牛》一样都能确证一个时代的上升：

牛王巍峨。
牛王方正的五官是青藏雪原巍峨的神殿。

牛王的乳房沉甸甸，是布帛托起的一片蓝海洋。是一片欲堕的残云。是金屋。

牛王被簇拥在海盘车般的广场，看到人们沿着海盘车的五条腕足向这里聚拢。孩子率先爬上树背……每一堵肩头后面亮起两只眼睛。①

3. 昌耀文中的画面感：《地底如歌如哦三圣者》

这是在一座举世闻名的都会。

一束夕照从金光抖动的长街西侧的地表投射进来，使得过街地下甬道的过厅因着这种瞬间的强光之遮盖而黯然，而似阻隔在一间晦明参半的隐者的洞窟。

这一会儿，三人在这种半明半晦的空间拉开的距离有了一种形而上的超拔意味。这是三个角色：背向洞口一侧，是一体魄高大的独脚男子，腋下架一拐杖，右手则挂一根白铜包头短棍，沉吟的背影有一份老军人的坚毅。约三步开外，仰面向他盘膝而坐者，是一吹笛青年盲人，其沉溺之深，使人相信他决计将自己理解的对于艺术的真诚全数奉献于面前这位不可视见的至尊导师。他的半个身子随乐曲轻快的节拍作着全方位摆动，不时眨巴的布满云翳的眼

---

① 昌耀：《牛王》，见《昌耀诗文总集》，作家出版社 2010 年，第 270 页。

窟神采飞扬。在这两人之间，有一小男孩交替以他们二人为圆心奔跑着，雀跃着，口呼"呜呜"，是一种旁若无人的舒心之喊叫。

他们只是三人。是结伴还是偶合？是娱人还是自娱？无视都市的存在，仅只他们三人。

那时我恰从三者之间穿行而过，感觉到了高山、流水与风。感受到一种超拔之美，一种无以名之的忧怀。我遂着意停留片刻：缱绻于忧怀。在这暂绝尘缘的黄昏的洞窟，也许最宜于这种不明分泌物的释放了。

无以名之的忧怀啊。

1994. 7. 30[1]

关于昌耀的这篇街头随笔，我先讲一下它的空间和时间。时间是黄昏时分，黄昏时分可能是吃过晚饭出来散步的时间，时间词出现在第二段，"夕照"不但写出了时间，而且起到了一种艺术作用，把这样一个空间照射出来了。空间的色彩是半明半暗、晦明参半的，这是时间给空间布场，可以这样说。夕照打出一个光亮，然而这个光亮没有完全渗透进去，因为这是一个特殊的空间，是地面以下的空间，是一个都会的地下甬道，它是阳光无法完全照亮的。这个作品在色彩布局方面是有雕刻

---

[1] 昌耀：《地底如歌如哦三圣者》，见《昌耀的诗》，人民文学出版社 1998 年，第 285-286 页。

感的。他写的这个空间是一个立体的空间，是一个甬道的空间，两头开放，其实是半封闭的，所以夕阳可以透过一个入口照进来一部分。照进来的这一部分，可以让作者观察到这里边的人物。所以这个夕照是非常重要的，它不是街灯，它是阳光，是自然光。题目中的"地底"就是地下甬道，值得注意的是，作者把甬道比喻成洞窟，洞窟不仅是空间之物，还有时间的意味，是比较原始的东西，而都会是比较现代的，这就是在强调时间的相对感，在一个现代的大都会里面，出现了一个原始的洞窟，说明人生活的差距很大，有的人很现代，有的人很原始。这是我说的第一个问题：时间和空间，而且这个时间空间对应的色彩布局，为人物出场打下了基础。

这个作品写得最好的就是第三段，这是主体部分。第三段接近雕刻，写的是三个人，这三个人是描画的重点。作者称这三个人为"三圣者"，需要注意的是，作者第一次称呼他们为"隐者"，这个词出现在第二段的最后一行，所以这些人既是圣者又是隐者。隐者就跟洞窟联系在一起了，他们是都市中的隐士，也许可以说是边缘人，被忽略的人，现代隐士。这些隐士被作者推崇为圣者，这是一个非常认可的态度。到底认可他们什么呢？这三个人除了年龄的差异以外，一个老者、一个青年、一个小孩，他们都是男性，被作者称为圣者的这三个人，其实都是残疾人。有的残疾非常明显，有的残疾不太明显。比方说独脚男子，尽管不知道他是怎么独脚的，但如果结合"军人"，就有可能是在战争当中失去了一只脚，可以说是一个残疾军人。昌耀就是一个残疾军人，这里有一种辐射，也许不一定是辐射，而是写实。第二个是盲人，是一个音乐演奏者，他在作品里是第二个残疾——一个看不见的人。第三个是一个小孩，我认为他是一个哑巴，为什么呢？因为哑巴不会说话，他不会赞美说：吹得好啊，不会这样表扬，他只能发出"呜呜"的声音，说明他是个哑巴。所以首先要知道，这三个人都是残疾人，一个是独脚的，一个是盲人，一个是哑巴。

作者把这三个人称为圣者，到底是认可他们什么呢？从第一个角色来看，他有一种立体感，他是一个站着的人。他的位置是面对着洞口的，一个高大的人、架一个拐杖的人，这是一个立像。第二个是吹笛的盲人，他是一个盘膝而坐的坐像，是一个吹笛者。所以他也是声音的发出者、演奏者，他非常沉迷于音乐，而且他演奏时有一个对象，他把演奏的曲子献给那个老军人，好像是这样一个关系。从这个作品的布局来看，他是面对军人的，他的演奏有一个特定的对象。第三个是什么呢？就是在他们两个之间来回奔跑的一个小男孩，这个小男孩很开心，自由自在地奔跑，这是一个跑像，所以这个作品写了三个像：一个是立像，一个是坐像，一个是跑像。第一个是静止的，第二个是动静结合的，他坐在那里是一个静态，但是他又吹笛，是有动作的，所以是静止和运动相结合的状态。第三个是完全运动的状态，他在奔跑。对这三个人的处理很有雕塑性，这是非常有功力的艺术刻画，三个人写得都不一样。

作者为什么要把这些残疾人、边缘人称为圣者呢？他到底肯定的是什么呢？他肯定的是老军人的坚毅，"坚毅"这个词是身体、人格传达出来的一种外在形象。这也是跟昌耀的军人背景、军人情怀相联系的一个词，这个退伍军人身上坚毅的形象是作者认可的。

认可吹笛人的什么呢？认可的是他对音乐的那种沉迷、对艺术的那种真诚。作者把吹笛者的形象刻画得非常生动，他演奏的时候身子伴随着音乐一起摆动。他的眼睛，因为是盲人的缘故，被写成"眼窟"，这个词跟"洞窟"相关联，他很快乐，神采飞扬。作为一个演奏者，他非常陶醉、非常沉迷、非常快乐，可以总结出这样几个特点。这是昌耀写的一个艺术演奏者，我觉得他跟昌耀也有关联。昌耀是一个诗人，昌耀从他身上看到的这种沉迷、陶醉、神采飞扬，其实也是他在创作时体现出来的一种共同品质。

那么，他认可小男孩什么呢？他认可这个小男孩旁若无人地舒心喊叫，完全不顾别人的看法，自由自在，想怎么做就怎么做的一种自由性，这是小孩的特点。如果是一个大人围着这两个人奔跑，是不真实的，但是一个小孩这样做，是很真实的。他没有什么规矩束缚，有快乐就会表达出来。这三个人给人的共同感受是什么呢？是一种精神层面的品质，不管是坚毅、真诚，还是舒心，作者肯定的是他们的精神。也许从物质上来讲，他们跟昌耀是一样的，是贫困的。作者这么高度地肯定他们，就是因为他们的精神品格是高贵的。这就是把他们三个称为"圣者"的原因。

如果用一个词来概括，这个词就是"超拔"。"超拔"这个词在作品中出现了两次，第一次出现在第三节的开始，"有了一种形而上的超拔意味"，然后是倒数第二段，"感受到一种超拔之美"。超拔是超出别人很多的一种美，从他们身上体现出来了。也就是说，作者从他们身上看到的这些坚毅、真诚、舒心，在其他人身上是看不到的，所以才称为"超拔"。所以说"超拔"是对圣者的一个认证，就是这三个圣者的精神高于别人。这或许也是对都市人群的物质生活的否定，这个大都会那些忙忙碌碌的人正在追求物质上的东西，而这个洞窟里面的人是精神比较丰富的，这是一个有意识的对照。作者把这些地底下的人称为"圣者"，其实是肯定了他们精神层面的东西，这也在一定程度上反映了都市人在精神上的匮乏。

那么作者后来为什么"忧怀"呢？"忧怀"这个词出现了三次，比"超拔"出现的次数还多，"一种无以名之的忧怀""缱绻于忧怀""无以名之的忧怀啊"，可以说作品最后一直都在写"忧怀"，而且是"无以名之的忧怀"。"忧怀"跟"超拔"是什么关系呢？他到底为什么忧怀？这个"忧怀"是诗人昌耀自身的忧怀，还是这些"圣者"激发的忧怀？"忧怀"跟"圣者""超拔"应该是存在一种张力关系的。这个作品的复杂性，在于它不是一个声音，而是两个声音。这两个声音很容易识别出来，主流的声音是认可这三个人的，为什么认可他们之后还忧怀呢？并且把忧怀放到最后来写，给人一种"忧怀"好像压倒了"超拔"的感受。

"忧怀"跟刚才分析的那种欢快的气氛，不管是艺术家演奏的神采飞扬，还是小孩舒心的喊叫，都是冲突的。既然他们那么欢乐，为什么还要忧怀呢？我首先讲讲昌耀的心境，这首诗写于 1994 年，昌耀已经离婚了，生活得很不开心。这个不开心的人看到这个开心的场面，赞美他们的超拔，但又不可抑制地产生了一种忧伤感。这种忧伤在某种程度上也是自己心态的一种折射，他从这些超拔的人的处境来考虑，这些超拔的人生活在地下而不是地上，按说这种人应该高高在上才对啊，但是地面之上好像没有他们的空间，他们只能在地底下，什么人在地底下？死了的人才在地底下。所以他们精神的超拔跟他们所处的社会地位之间的反差，让作者忧怀。也就是说，他们尽管被作者认可，但是并不被社会认可。作者非常认可这样的人，他们实际上生活在一个别人不关心的空间里。所以我觉得这种忧怀体现的是作者对这些人的认可和大多数人对这些人的不认可之间的一种反差，由此形成的一种忧怀。

现实的复杂导致了这篇作品主题的复杂。"忧怀"在某种程度上也是现代社会对超拔精神的一种漠视，是对只关注物质层面却漠视精神层面的状况的一种焦虑，它体现的是这样一个问题，如果这个忧怀体现的仅仅是个人的忧怀的话，那么这个作品的意义不大。要理解这个作品的忧怀，应该理解成这些人的高贵品格不被更多人认可，这跟刚才讲的超拔之美的主题是相关联的。这个作品的关键词，我认为就是"圣者""超拔""忧怀"这几个。"超拔"是对"圣者"的一个认证，"忧怀"是对圣者生活在地底的这种处境的忧伤。这就使得这个作品的主题呈现出两重性。事实上，昌耀也是一个圣者，第四个圣者，他像吹笛人一样痴迷于诗歌艺术，同样生活在社会的下层，也是令人忧怀的。

总之，这个作品的主题是复杂的，作者对地底这三个人是赞赏的，但又为他们的处境而忧怀。这个作品的艺术性是用雕刻的笔法写出了三个具体生动的人物形象，在这样一个窄小的空间里写得这么精致，可以看出作家的功力是非常高的。

第三节　立体感：昌耀诗中对雕塑的化用

1. 昌耀的雕塑题材诗

在对其他艺术的化用方面，昌耀最突出的贡献应该是诗歌中的雕塑性。可以说他在"三美"的基础上贡献出了雕塑美，写出了大量具有立体感的诗歌。尽管昌耀没有具体创作雕塑的经历，但是他有一首诗，名字就叫"雕塑"（1980 年）：

雕塑

像一个
七十五度倾角的十字架
——他，稳住了支点，
挺直脖颈，牵引身后的重车。
力的韧带，
把他的躯体
展延成一支——

向前欲发的闷箭……

——历史的长途，

正是如此多情地

留下了先行者的雕塑。①

可以说，昌耀是一个用词语进行雕刻的雕塑家，他雕刻的这个历史的先行者静中有动，为了牵引身后的重车，他的躯体是倾斜的，呈 75 度倾角，这是一个用力的形象，饶有意味的是，诗人把他比喻成了象征着牺牲的"十字架"，又把它比喻成"一支——／向前欲发的闷箭"，这就写出了动感，尽管是无声的。作为昌耀早期的作品，这首《雕塑》主要写出了立体性，有动感但无动态。这个先行者的雕像很容易让人想起《烘烤》中的诗人形象："我见他追寻黄帝的舟车，前倾的身子愈益弯曲了……"

昌耀的诗歌中以雕塑为题材的作品极多。包括《题古陶》（1980 年）、《鹿的角枝》（1982 年）、《秦陵兵马俑馆古原野》（1985 年）、《忘形之美：霍去病墓西汉石刻》（1985 年）、《头像》（1985 年）、《致史前期一对娇小的彩陶罐》（1998 年）等。可以说几乎贯穿了他诗歌创作的所有时期。在这些诗中，《秦陵兵马俑馆古原野》《忘形之美：霍去病墓西汉石刻》写的是博物馆里的展览品。没有迹象表明昌耀是个收藏家，但他显然有在

---

① 昌耀：《雕塑》，见《昌耀抒情诗集》，青海人民出版社 1986 年，第 28 页。

书桌或书架上摆放雕塑品的习惯。《题古陶》《鹿的角枝》《致史前期一对娇小的彩陶罐》写的都是他的摆放品。写雕塑时，昌耀习惯于将这些视觉艺术听觉化，在《忘形之美：霍去病墓西汉石刻》中，他从中听到的是"大灵魂的几声清唱"。在《题古陶》中，他听到的是"几声林中石斧的钝音和弓弦上骨镞的流响"。其中写得惊心动魄的应该是《鹿的角枝》：

> 在雄鹿的颅骨，生有两株
> 被精血所滋养的小树。雾光里
> 这些挺拔的枝状体明丽而珍重，
> 遁越于危崖沼泽，与猎人相周旋。
>
> 若干个世纪以后，在我的书架，
> 在我新得收藏品之上，才听到
> 来自高原腹地的那一声火枪。——
> 那样的夕阳倾照着那样呼唤的荒野，
> 从高岩。飞动的鹿角猝然倒仆……
>
> ……是悲壮的。

1982. 3. 2①

① 昌耀：《鹿的角枝》，见《一个挑战的旅行者步行在上帝的沙盘》，敦煌文艺出版社 1996 年，第 70-71 页。

昌耀在诗中多次写到猎人，或许捕猎动物在当时的青海是一种普遍的现实。从鹿这样美丽的生命被毁灭的描写中来看，作者显然对猎人有一种无声的谴责，毕竟他们是悲壮的制造者。这首诗的写法具有历史的纵深，第一节写鹿与猎人的周旋，第二节写自己书架上鹿的角枝的收藏品，这种跨越若干世纪的蒙太奇组合让作者听到了它中弹倒仆的那声枪响。不得不说，这首诗的震撼效果来自现实与历史的瞬间转换和突然组接。不过，这首诗对鹿的角枝写得异常简洁，把它比喻成两株雾光里的小树，"遁越于危崖沼泽"，虽有立体感与动态感，但并不突出。

《致史前期一对娇小的彩陶罐》写的也是案头的摆放品，彩陶罐上雕刻的美女让诗人浮想联翩。作者把她们称为"绝美的象征""使我加倍延伸的呼吸通向了历史湮灭的胎音"，同样采用了沟通历史与现实的手法，诗人深爱其美，又为不能与她们生活在同一时空而苦闷。这首以雕像为题材的诗只有"双臂支在腰臀"这样简单的勾勒，立体性并不突出。事实上，昌耀诗歌的雕塑美更多地体现在他对现实生活中的人物的描写上。如《峨日朵雪峰之侧》中的登山者、《内陆高迥》中的旅行者、《地底如歌如哦三圣者》中的"三圣者"等。对此，骆一禾有精彩的分析："昌耀在《听候召唤：赶路》第四章写道：'你，旅行者/沿途立起凿刀/以无名雕塑家西部寻根的爱火/一一照亮摩崖被你重铸的神祇'，这几乎也是一种创作上的精炼而概括的自道，在这里赶路的旅行者，同时也就是执有凿刀的人，是创造雕塑的雕塑者，他寻根的爱火照出来的是摩崖与神祇这样的雕塑形象。——因此昌耀诗歌主导的感觉不是亲切感，而是一种空间里的岿然感，他的美学成就主要是崇高的美，而不是一种'媚'，它的指向主要不是'我'和'你'，而是一个'它'的世界……"① 这在下面将要分析的《峨日朵雪峰之侧》中体现得十分突出。

2. "流体雕塑"：节奏感、画面感与立体感的融合

昌耀很早就确立了雕塑观念，因而在写作现实中的人物时，他一直注重刻画人物的立体感和动态感，同时将之与音乐的节奏感、绘画的画面感结合起来。他在《我的诗学观》（1985年）中这样说：

> 关于"诗是什么"我的思索似乎略多一些。——诗是气质？诗是结构？诗是情绪？诗是经验？……但我近来更倾向于将诗看作是"音乐感觉"，是时空的抽象，是多部主题的融会。感到自己理想中的诗恰好是那样的一种"流体"。当我预感到有某种"诗意抒发"冲动的时候，我往往觉得有一股灵气渴待宣泄，唯求一可供填充的"容器"而已。②

① 骆一禾、张玞：《太阳说：来，朝前走》，见《昌耀 阵痛的灵魂》，董生龙主编，青海人民出版社2000年，第74页。

② 昌耀：《我的诗学观》，见《昌耀诗文总集》，燎原、班果编著，作家出版社2010年，第300页。

根据昌耀的这个说法，我把这类将节奏感、画面感与立体感融为一体的诗歌称为"流体雕塑"诗歌或"动态雕塑"诗歌。昌耀主要用"流体雕塑"塑造人物，同时刻画人物活动的背景。在我看来，《慈航》中的"新娘"、《峨日朵雪峰之侧》中的登山者，以及《内陆高迥》中的旅行者是昌耀用"流体雕塑"塑造的三个不朽的形象。尤其值得注意的是，昌耀前两部诗集《昌耀抒情诗集》和《命运之书》的封面采用的都是雕塑作品，而且雕像的人物都是乐器演奏者，即雕塑、音乐与摄影的融合体。可以说，这两个封面也体现了"流体雕塑"的特色。

昌耀特别喜欢"雕刻"这个词："这是象牙般可雕的土地啊！"（《这是赭黄色的土地》）"这块土地/被造化所雕刻……我们被这块土地所雕刻。"（《家族》）试看《踏着蚀洞斑驳的岩原》是如何精雕细刻的：

踏着蚀洞斑驳的岩原
我到草原去

午时的阳光以直角投射到这块舒展的
甲壳。寸草不生。老鹰的掠影
像一片飘来的阔叶
斜扫过这金属般凝固的铸体，
消失于远方岩表的返照，
遁去如骑士。

在我之前不远有一匹跛行的瘦马。

听它一步步落下的蹄足

沉重有如恋人之咯血。①

　　这是一首写人物关系的诗，诗中的人是"我"，物有动物，"老鹰""瘦马"，其他皆为静物。"我"的方向是踏着岩原到草原去。诗中立体感最强的是第二节，"午时的阳光以直角投射到这块舒展的／甲壳"，"这块舒展的／甲壳"即"我"正走在上面的岩原，午时的阳光与它构成直角，立体感就出来了。老鹰的出现带来了动态感，老鹰在上，它的影子投射在下面，被诗人比喻成"一片飘来的阔叶"，"阔"暗示其形体巨大，具有笼罩性。它的动作始于"飘来"终于"遁去"，可以说是转瞬即逝，但诗中对它的刻画极其细致，富于表现力。它的动作就是一个"斜扫"，然后"这金属般凝固的铸体"依然是寂静的岩原。如果说这一节写得非常客观的话，第三节就明显有情感渗透了。这一节在"我"与"一匹跛行的瘦马"之间展开，由于二者距离不远，马"瘦"则体轻，"跛行"则足音沉重，它的每一步都如同踏在"我"心上，"有如恋人之咯血"，这是极其强烈的情感表述，还有什么比看到恋人咯血更令人心痛的呢？这就把"我"对这匹马的感情呈现出来了。值得注意的是，老鹰

---

　　① 昌耀：《踏着蚀洞斑驳的岩原》，见《昌耀抒情诗集》，青海人民出版社1986年，第7页。

一出场迅速离去，而那皮瘦马却始终在"我"的视野里，二者由此形成张力。整首诗节奏鲜明，音韵铿锵，画面清晰，岩原的静与老鹰、瘦马的动相互结合，充满动态，堪称一道以词语雕塑的流动风景。

3. 昌耀诗中的立体感：作为自雕像的《头像》

> 原野。一枚秦国士卒的头颅
> 口啃波动的土地，如堕海者之吞咽大水。
> 如不沉之落日。①

　　昌耀在《秦陵兵马俑馆古原野》中写的这枚头颅尽管是兵马俑的，但它动感十足，"口啃波动的土地"，连土地的背景都是动的，让人疑心土地是否被啃疼了才波动起来，形成一种动的传递。后面的两个比喻一个极力突出动态，"如堕海者之吞咽大水"，一个极力突出静态，"如不沉之落日"，其实是暗示它的不朽。这里的比喻以虚实结合的形式强化了所写对象的动态立体感。昌耀还有一首写头颅的诗，名字就叫《头像》：

> 雕凿一个头。背景是远山。一条河。
> 雕凿胡须、眉骨、眼睛、腮帮子。

　　① 昌耀：《秦陵兵马俑馆古原野》，见《昌耀诗文总集》，作家出版社 2010 年，第 280 页。

雕凿腮帮上一道极富暗示的疤痕。

让额角绽出火花，

让一头蓬发霍霍响，

让残破的脸重新显示对称、均衡、和谐的韵味，

像开掘矿山。像疏浚运河。像修复古瓶。像追踪断层。

　　像打捞沉船。像勘察遗址。……让朦胧显示格局。

雕凿那思想，雕凿那深沉的慨叹。

雕凿那岁月栖身的窠巢。雕凿一个头。

背景是北方林区一棵老粗的树。树干上

一只啄木鸟。——不是鸟。是伐木者随意剁在树干的

　　一握 Boli 斧。

一个被雕凿的头。

现在且先剔除那牙槽里的残根，将凿子

凿进齿床，抡起木榔头，作一次爆破。握紧镊子，夹

　　出那一根蠕动的神经。

雕凿一部史论结合的专著。

雕凿物的傲慢。

雕凿一个战士的头。

1985. 12. 17①

---

① 昌耀：《头像》，见《命运之书》，青海人民出版社 1994 年，第 158-159 页。

在我看来，昌耀为这个战士雕凿的头像其实是他的自雕像。因为他也曾是一名志愿军战士，长着一颗傲慢的头颅："九死一生黄泉路，我又来了：骨瘦如柴，仰起的——还是那颗讨厌的头颅。"①

与《秦陵兵马俑馆古原野》中的那个头像不同，这首《头像》写的并非雕刻的结果，而是雕刻的过程，甚至可以说是雕刻的现场。其句式异常灵活，前三行是以"雕凿"引起的排比句，雕凿的雕像由大到小，或者说由整体到局部再到细节："头"，这是整体；"胡须、眉骨、眼睛、腮帮子"，这是局部；"腮帮上一道极富暗示的疤痕"，这是细节，或许是暗示战士受伤的疤痕，昌耀在抗美援朝结束前夕曾被炸伤。然后是以四个"让"字引领的排比句，对应的是雕凿效果，"让额角绽出火花"动感十足；"让一头蓬发霍霍响"以听觉写视觉，很奇特；"对称、均衡、和谐"则是诗人奉行的雕刻原则，也可以说这六个字是昌耀的创作美学大纲。因此，本书以"对称诗学"概括他的诗歌创作。

在"让"字引领的第三个排比句后，又穿插了六个以"像"字引导的排比句，这就是排比中套排比。接下来又是四个以"雕凿"引起的排比句，这就和本诗的前三个以"雕凿"引起的排比句接上了。但雕凿的对象变成了抽象之物，或者说深

① 昌耀：《致友人》，见《昌耀诗文总集》，作家出版社 2010 年，第 809 页。

入了："雕凿那思想，雕凿那深沉的慨叹。／雕凿那岁月栖身的窠巢。雕凿一个头。"最后这个句子就是这首诗的第一个句子，由此形成一个回环，重新开始，所以再次写到背景，这次不再是简单的"远山""一条河"，而是"北方林区一棵老粗的树。树干上／一只啄木鸟。——不是鸟。是伐木者随意剁在树干的一握 Boli 斧"，仍是从整体写到局部，雕塑过程总是先勾勒轮廓，再着手细节刻画。值得注意的是，"北方"这个词和昌耀有隐秘的联系。他在晚年回顾自己的经历时，这样谈论母亲去世后自己的处境："从此我将自己看作一个过继给了北方的孩子。在我写于 1980 年的思乡的一阕《南曲》中，称自己'是一株／化归于北土的金橘'。"① 饶有趣味的是，树干上的那个东西本来要雕成啄木鸟，后来却雕成了"一握 Boli 斧"。这里的背景变化可以理解为细化，即在山河的大背景中增加了一棵树。

第二节又回到头的整体，只是变成了"被雕凿的头"，剩下来的工作不再是增加，而是删改，"剔除那牙槽里的残根""将凿子凿进／齿床，抡起木榔头，作一次爆破。握紧镊子，夹出那一根蠕动的神经"，多余的神经而不是发丝也被剔除了，真是深度修改。最后三行仍是以"雕凿"引起的排比句，与前三行、中四行以"雕凿"引起的排比句呼应，并揭示雕的是"一个战士的头"。在我看来，这个战士的头像也是一轮不沉的落日，闪耀着持久的光辉。

---

① 昌耀：《〈昌耀的诗〉后记》，见《昌耀诗文总集》，作家出版社 2010 年，第 679 页。

4. 《峨日朵雪峰之侧》：登山者的"流体雕塑"

峨日朵雪峰之侧

这是我此刻仅能征服的高度了：
我小心地探出前额，
惊异于薄壁那边
朝向峨日朵之雪彷徨许久的太阳
正决然跃入一片引力无穷的山海。
石砾不时滑坡引动棕色深渊自上而下一派喧嚣，
像军旅远去的喊杀声。我的指关节铆钉一般
楔入巨石罅隙。血滴，从脚下撕裂的鞋底渗出。
啊，此刻真渴望有一只雄鹰或雪豹与我为伍。
在锈蚀的岩壁但有一只小得可怜的蜘蛛
与我一同默享着这大自然赐予的
快慰。[1]

峨日朵雪峰是青海的一个地名。这个信息说明作者写的这个山是真实的。谈论这个作品，要确定写实和象征之间的关系。任何作品，我认为首先都是写实的，在写实的基础上，再看它

---

[1] 昌耀：《峨日朵雪峰之侧》，见《昌耀诗文总集》，作家出版社2010年，第43页。

有没有象征的含义。像这个作品，它有没有什么象征的含义，如果有象征含义的话，它是什么样的象征含义？这个象征含义与写实之间是什么样的关系？这都是要思考的，关键是怎么对它做出一种合理的、有效的、深入的解读，要做到这一点，首先要对文本进行具体分析。

先分析题目。强调一下，题目不是"峨日朵雪峰"，而是"峨日朵雪峰之侧"，这是不一样的，这是对写作对象的特殊处理，峨日朵雪峰是一个很大的整体的描述，峨日朵雪峰之侧就是一个特写，而不是全景，它们的区别在这里。也就是说，这个特写镜头就是雪峰的一个侧面，不是整个山峰，这样一个界定非常精准。这是第一点，题目的精准性。

其次是这个作品的结构。这个作品的结构里有这样一些因素。第一个是人称，是第一人称"我"，除了"我"以外，没有第二个人出现。所以这个作品写的是人与物之间的关系。诗中写了哪些物呢？写的物特别多，总的来讲，这些物大概可以分成三类。一类是静物，有雪，有太阳，有山海，有薄壁，还有岩壁，等等，这些是写到的物，除了太阳，其他的都是雪峰上的东西。第二类是动物，动物就是蜘蛛，尽管这里面也写了雪豹、雄鹰，但这些东西是不存在的，是虚写的，虚写雪豹、雄鹰，意在和蜘蛛形成一种对比。除此以外，这个作品还写到第三种物，这种物比较特殊，就是身体上的物：前额、指关节、脚、鞋底，这些是身体上的物。总结一句话，这个作品写物写得非常密集、非常多，给人的印象是什么呢？这是一个精雕细刻的作品。在读昌耀这个作品的时候，我有这样一个印象，他是一个雕刻家，不是一个画家，他写的东西是有立体感的。雕刻和绘画的区别是什么？就是有没有立体感。昌耀的这个作品立体感很强，他写的不管是静物、动物，还是身体的物，这些物融合在一起，形成了画面感和立体性，所以我称之为雕塑、雕刻，而不是绘画。绘画美是闻一多提出来的。昌耀在他的作品里有一个非常重要的贡献，就是把绘画美发展成了雕刻美、雕塑美，他把画面呈现得非常具有立体感。

这种立体感，我大体将它分为两个方面。第一个方面是太阳跟山峰之间的关系，它是立体的关系。来看几个句子，"朝向峨日朵之雪彷徨许久的太阳/正决然跃入一片引力无穷的山海"，它的立体性是怎么构成的呢？太阳是一个点，是山峰之外的一个点，这个点跟山峰形成了一种什么样的关系呢？有这样几个词，"彷徨许久"，这是写太阳落山的情况，太阳落山并不是一下子落下去的，它是彷徨了许久才落下去的，这里其实把它拟人化了，太阳好像不想落的样子。凝视太阳落山的时候，好像它是静止不动的，作者写的就是那种画面，太阳在山上，静止了很长时间没有落下去。"彷徨许久"，这是一个静止的画面，就像"长河落日圆"是静止的画面一样，"落"本来是动词，往下落的一个日，但"落日圆"其实是一个静态的画面。这里也是这样的，作者强调这个太阳是静态的。太阳与雪峰的关系是一种对峙的关系。强调静止和对峙是什么意思呢？这是为下面的一个突然的动作做铺垫对比，下面的动作就是"决然跃入"，突然落下去了，这里写的是太阳消失，落到山里了。作者把山写成了"山海"，我觉得这个"海"可能是虚写，将群山比喻成了海。再看"引力无穷","引力"是对太阳的引力，把太阳吸引下去的力量，就是万有引力，一切高处的东西都倾向于往下坠，所以太阳被吸引下去了。这就在太阳、雪、山之间，形成了一种动静的转换，太阳从有到无的转换，这是一个动态的、立体的画面。这是这首诗雕塑美、立体感体现的第一个方面。

第二个方面是"我的指关节铆钉一般/楔入巨石罅隙。血滴，从脚下撕裂的鞋底渗出"，我觉得这句诗是立体感最突出的，比刚才那个太阳落山还突出，这个立体感是怎么体现的呢？它是人身上的物跟山上的物形成了一种立体的结构，人身上的物插入了山的中间，这个立体感很强："指关节""楔入""巨石罅隙"，这是一个立体的画面，就是人身上的一部分插入到石头缝里，而且是手的指关节，插入得很深，所以这是一个立体性的画面，然后"血滴，从脚下撕裂的鞋底渗出"，这也是立体性的，因为血滴是从脚渗过鞋子，然后滴下来的，所以这也是立体画面。但是它们的方向不一样，一个是跟山垂直的，指关节垂直于山峰，是这样一个方向，一个是跟山平行的，朝下滴的。也就是说，一个方向是朝山里面的，一个方向是朝大地的，所以立体性很突出，堪称昌耀"流体雕塑"诗歌的代表作。

刚才我结合两处描写，谈了这个作品的立体性，也体现了这个作品的雕塑美。我觉得这是昌耀对闻一多提出的绘画美的发展，把它发展为雕塑美，这个作品确实是精雕细刻的，写得非常细致、非常立体。这两处描写，也是这个作品比较出色的地方：一个是太阳与山峰的关系，是下坠的；一个是"我"与山峰的关系，是没有下坠的，是固定在那里的，所以一个是下坠的，一个是不下坠的，这就形成了一种张力。也就是说，"我"并没有像太阳一样坠下去，太阳都坠下去了，而"我"没有坠下去，所以在这个地方显示出了一种巨大的意志，应该归结到意志，这个作品是写意志的。诗中有两个下坠，一个是太阳，另外一个是山上松动的一些石砾正在下坠。"我"却始终不下坠，指关节死死地插入山缝里，这是这个作品写得非常厉害的地方：山本身的石砾在下坠，太阳在下坠，而"我"没有下坠，形成了两个下坠、一个不下坠的这样一种对比、一种张力，这是一个什么人呢？从写实的层面来概括，这是一个登山者。这个形象是不是还有象征的含义，我们可以再探讨。从写实的角度来说，太阳下坠、石砾下坠，登山者不下坠，这是一个人的伟大、登山者的伟大。山体和太阳都是非常崇高的东西，它们都在万有引力的作用下滑坡或下坠了，这就体现出"我"的超拔之处。这是我分析的方向感问题。

除了"我"和太阳以及石砾的关系之外，本诗的另一个主要结构就是"我"与"蜘蛛"的关系，怎么理解"我"与"蜘蛛"的关系呢？我觉得这个"蜘蛛"肯定是写实的，这个作品写的是一个登山者的形象，艰难攀登的一个形象。但是它暗示了另外一种意思，无限风光在险峰。在这个危险的地方，在高处是好看的，攀登到这样一个高度，这种美丽的景致是在下面难以看到的，所以面对这样一种美丽的风景，登山者渴望与人分享，但他找不到一个人分享，只看到身边有一个蜘蛛，当然蜘蛛也不会欣赏，但是登山者把它拟人化了，把它当成一个可以欣赏的物体来对待了。所以我觉得这里很强烈地传达出一个信息，当一个人看到美好景致的时候，如果身边没有人的话，他看到一个有生命的小动物，就会跟小动物分享这种美景，如果它没有欣赏美的能力，就会赋予它欣赏美的能力，我觉得这里体现了分享美景的一种迫切的情感要求、或者说是情感期待，登山者甚至渴望一个不懂美的蜘蛛跟他分享美，事实上，在这种分享美景的渴求中也流露出作者的孤独寂寞。正如诗中所写的，如果有一个雄鹰或者一个雪豹更好，因为跟"我"更相配，"我"就是一个雄鹰、雪豹般的存在，就是一个英雄般的存在。但此刻，在这样高的位置上，登山者身边只有一只蜘蛛。所以不得已而求其次，同一个非常小的蜘蛛来分享美景，分享"大自然赐予的／快慰"，分享大自然的美景带来的快乐。除了雄鹰和雪豹以外，诗中还写到"像军旅远去的喊杀声"，这也是一个虚写，指的是山体下坠发出的声音，就像打仗时喊杀的声音，这个比喻暗示了昌耀作为一个军人的经历。昌耀是当过兵的，尽管他当的是文艺兵，但他对战场是熟悉的，还在战场上负过伤，这暗示了他的军旅背景，也暗示了他的英雄情怀，从这个层面来说，这个比喻跟雄鹰、雪豹都属于虚写，有一定的相关性。

下面分析一下这个作品的修改情况。这个作品标注的写作时间是"1962.8.2初稿，1983.7.27删定"。从昌耀生前出版的诗集来看，这首诗都有所修改，但改动不大。该诗的第一个版本如下：

峨日朵雪峰之侧

这是我此刻仅能征服的高度了：

我小心地探出前额，

惊异于薄壁那边

朝向峨日朵之雪彷徨许久的太阳

正决然跃入一片引力无穷的

山海。石砾不时滑坡，

引动棕色深渊自上而下一派嚣鸣，

象军旅远去的喊杀声。

我的指关节铆钉一样楔入巨石的罅隙。

血滴，从撕裂的千层掌鞋底渗出。

呵，真渴望有一只雄鹰或雪豹与我为伍。

在锈蚀的岩壁，

但有一只小得可怜的蜘蛛

与我一同默享着这大自然赐予的

快慰。①

这是《昌耀抒情诗集》（青海人民出版社 1986 年）中的版

---

① 昌耀：《峨日朵雪峰之侧》，见《昌耀抒情诗集》，青海人民出版社 1986 年，第 17 页。

本，与《昌耀诗文总集》（2010年）中的版本相比，主要是从分两节到不分节，抒情词从"呵"变成了"啊"，"千层掌"被删除，其他修改体现在语句凝练和分行处理方面。我的感觉是，分两节比不分节更好，因为这两部分确实有明显差异，第一节主要写登山，第二节主要写登山者的内心感受。所以2010年版本的修改效果并不见佳。

抒情词从"呵"变成"啊"，是很好的修改。因为"呵"是个拟声词，表示笑声，用在这里显得有些轻佻；而"啊"虽然也可拟声，但它主要是个叹词，抒情词，比较厚重，符合诗中的感叹语境。

把"千层掌"删掉其实是一个损失，因为"千层掌"是一个重要的细节。作者之所以把它删掉，是因为用词不准，准确的说法应该是"千层底鞋子"，"掌"应该去掉，但作者一并把"千层"也去掉了。

在《命运之书》（青海人民出版社1994年）中，本诗修改部分如下："象军旅远去的喊杀声"中的"象"改为"像"，"在锈蚀的岩壁"与"但有一只小得可怜的蜘蛛"这两行合并成一行，中间的逗号删掉。句意完整而且凝练了。

在《一个挑战的旅行者步行在上帝的沙盘》（敦煌文艺出版社1996年）中，这首诗改动较多。首先是把两节合成了一节，把原来的14行变成了11行。第二行"小心地"改成了"小心翼翼"，并与下一行"惊异于薄壁那边"合并。"小心翼翼"这个修改增强了小心的程度，并增强了韵律感。原来跨行的"山海"这个词不再跨行，句意更完整。"石砾不时滑坡"与下一句

"引动棕色深渊自上而下的一派嚣鸣"合并，中间的逗号去掉，句意更完整，表达更凝练。"自上而下的"中的"的"删掉了，更凝练。"我的指关节铆钉一样"这一部分与上一句"像军旅远去的喊杀声"合并，并把其中的"样"改为"般"，意思相同，但韵律感更佳。"楔入巨石的罅隙"与下一行"血滴，从撕裂的千层掌鞋底渗出"合并，中间的句号保留。"巨石的"中的"的"删掉，更凝练，"从撕裂的千层掌鞋底渗出"改为"从脚下撕裂的鞋底渗出"。"千层掌"删掉，增加"脚下"两个字。然后是取消分节，两节合并，"呵"改成了"啊"，并在"真渴望"前增加了"此刻"这个词，时间更精确。这个版本采用了整体压缩的方法，更凝练，基本上就是定型版，可称为 1996 年版，其排列如下：

峨日朵雪峰之侧

这是我此刻仅能征服的高度了：
我小心翼翼探出前额，惊异于薄壁那边
朝向峨日朵之雪彷徨许久的太阳
正决然跃入一片引力无穷的山海。
石砾不时滑坡引动棕色深渊自上而下一派嚣鸣，
像军旅远去的喊杀声。我的指关节铆钉一般
楔入巨石罅隙。血滴，从脚下撕裂的鞋底渗出。
啊，此刻真渴望有一只雄鹰或雪豹与我为伍。
在锈蚀的岩壁但有一只小得可怜的蜘蛛

与我一同默享着这大自然赐予的

快慰。①

在《昌耀的诗》（人民文学出版社 1998 年）中，又有微调。"惊异于薄壁那边"另起一行，其实是恢复了初稿的分行。这个改动并不见佳。其余不变。《昌耀诗文总集》（2010 年）沿用的就是这个版本，只是把倒数第二行中的"默想"改成了"默享"。

关键是 1962 年的初稿与 1983 年的修改稿有何区别是看不到的，如果也像这样只是枝节性修改的话，26 岁写出这样的作品是超级厉害的，这是伟大的作品。估计 1983 年的修改幅度不比 1996 年的修改幅度小，但也可能不是根本的修改。目前关于昌耀诗歌修改问题的研究中体现出一种倾向，就是把昌耀的诗歌成就整体后推一个时期，基本上掏空了昌耀早期诗歌的意义，统统把它们归于八十年代的成果。事实上，这是一种矫枉过正，对昌耀早期作品成就的质疑其实就是对昌耀早期诗歌才华的不信任。在新诗史上，二十多岁写出代表作的诗人并不罕见。这里以《边城》为旁证加以考察，因为昌耀在《甄别材料》（1962 年）里记下了此诗的初稿：

这两首诗的写作过程和创作动机，我已在上篇《甄别

---

① 昌耀：《峨日朵雪峰之侧》，见《一个挑战的旅行者步行在上帝的沙盘》，敦煌文艺出版社 1996 年，第 20 页。其中"默享"被印成了"默想"。

材料》中谈过了。事实上就是这样的：那一时期里，似乎流行这样一种创作方式：一草一木，一山一水，一景一物，无不可不成"诗"，只要有创造性（我把它理解为任一的玄想）。比如，我看过公刘的一首诗，他说：武汉关钟楼上的时针与分针，像一把大剪，将时间一圈圈铰碎了。（昌耀的记忆有误，"武汉关"实为"上海关"，此诗为公刘的《上海夜歌·之一》。——燎原注）我觉得这很艺术，用字新奇，想象绝妙。以后，我创作一首诗的时候，首先不是考虑它的内容，而是如何去寻找新奇事物的刺激，"妙想联翩"，怎样使艺术"灵感"促生，想象力怪诞，"语不惊人死不休"。

请看，一九五七年七月二十五日住在大同街时，我写过这样一首诗：

夜
从古城的墙上跳下来
在原野上踯躅

——百尔华
你枕巾上绣的什么花？

（夜哥儿，
我绣的是鸳鸯蝴蝶花。）

——百朵华

不要走进屋

我有一件美丽的披风!

(不，夜哥儿，黑夜太暗

情哥会把我抓住。)

夜

从古城的墙上跳下来。

在原野上踯躅。

——《夜曲》①

　　这首《夜曲》昌耀的第一部诗集未收录，在《命运之书》中才出现，说明是九十年代改定的。诗名变成了《边城》，诗句有所精简，但变化不大，尤其是诗意并未改变，只是效果更突出了：

　　边城。夜从城楼跳将下来

踯躅原野。

　　——拜噶法，拜噶法，

你手帕上绣着什么花?

_____

　　①　燎原：《昌耀评传》，作家出版社 2016 年，第 287-288 页。

（小哥哥，我绣着鸳鸯蝴蝶花。）

——拜噶法，拜噶法，
别忙躲进屋，我有一件
美极的披风！

夜从城垛跳将下来。
跳将下来跳将下来蹀躞原野。
1957. 7. 25①

　　根据这首诗的变动情况及《峨日朵雪峰之侧》后来的修改
情况来看，我认为《峨日朵雪峰之侧》基本上是 1962 年写出来
的，至少它的主题应该在 1962 年已经形成了，修改的可能是词
句方面的问题。

---

　　①　昌耀：《边城》，见《命运之书》，青海人民出版社 1994 年，第
8 页。

后记　我与昌耀的接触史

　　尽管在这个世界上与昌耀同时生活了30年，但我并不认识他，因而也无接触。这里所谓的接触只是接触他的作品，如果作品是作者替身的话，也算得上一种接触。我不记得何时听到了昌耀这个名字，只记得写过一首诗《昌耀：两千年春天的西宁》，时间是2004年5月20日，现在看来，这应该是一首迟到了四年的悼亡诗。在诗中，我无限拉长了他从跳楼到坠地的过程，悬想他当时的心理，起初极力强化他的恐惧，最终让他获得了安慰或救赎。写这首诗时，我没想到4个月后我会去昌耀出生的城市工作。或许这是属于我命运之书的一个章节。接下来还有一些想不到的章节，2012年6月13日，我有幸与燎原老师去了昌耀的墓地，见了昌耀的妹妹。回来后我写了一首诗，《在昌耀墓前》：

　　　　绿色蔓延，野草俯视树顶

　　　　烈日将一切照白，阳光穿透皮肤

　　　　点燃灼热的内心，墓碑升腾

如火焰，舌头翻卷有声
你们坐车太久了，应该下来
走走，野花也会移动头颅

人到中年，视听飘忽
倾向于下坠，被死神吸引
在无可拯救中向你俯身

仍在墓碑中跳动的那颗灵魂
此刻与我如此亲近，它
试图挽留我体内残存的良心

在我与疏松的生命之间
一种爱制造出来的强烈摩擦
延缓我垂向末日的进程

而他们无视你的存在
让他们欢乐吧，一个人声誉
再高，也不能因为自身的死

而阻止世人的欢乐
我只对个别人有效
使他们痛苦，却无须抱歉

2012 年 6 月 17 日①

最后两行是我模仿昌耀的语气说的。后来，为了编昌耀诗选，与他的长子王木萧联系了版权。我在主编《桃花源》时，每到春季都会以手稿的形式纪念他。2018 年 11 月 16 日至 20 日，昌耀诗歌研讨会在常德召开。在会上，我还讲到等昌耀逝世 20 周年时再开一次研讨会。没想到随着胡丘陵部长的调离，研讨昌耀的活动就此终止了。好在我把昌耀研讨会的发言记录做了整理，刊发在《桃花源》杂志上。我当时的发言记录如下：

这次昌耀研讨会能够召开，首先应该感谢在座的赵飞博士。在她的运作下，张枣研讨会今年四月份在长沙召开，当时其倡议者《诗刊》副主编李少君遇到我，说常德也应该开昌耀研讨会，他会向胡丘陵部长建议。在胡部长的促成下，昌耀研讨会时隔半年就召开了，可见效率是很高的。

本次研讨会的规格也很高。目前研究昌耀有三个绕不开的人物：骆一禾、燎原和张光昕。但骆一禾已经去世。骆一禾只评论过三位诗人：海子、昌耀和北岛。其中北岛论是他的学位论文，我尚未看到。他评论的这三位诗人足以使他成为重要的评论家。在昌耀给骆一禾的信中，先后提到一篇大札、一部长篇论稿、一篇长达 35000 字的长文。

<hr>

① 程一身：《在昌耀墓前》，《诗刊》2012 年第 9 期。

但目前所见的只有一篇《太阳说：来，朝前走》（1988年）。在该文开头的显要位置，骆一禾就表明了他的判断："昌耀是中国新诗运动中的一位大诗人。"后来这个说法逐渐得到较多的认同，如西川在《昌耀诗的相反相成和两个偏离》中就附和了骆一禾这个看法："记得骆一禾生前谈到昌耀时说过这样的话：'民族的大诗人从我们面前走过，可我们却没有认出他来！'……昌耀在我心中作为一位'大诗人'的存在，肯定源自骆一禾。"燎原先生是《昌耀评传》的作者，昌耀研究最有发言权的专家。张光昕是后起之秀，先后在台湾和内地出版了国内第一部《昌耀论》。此外，研究昌耀的专著还有肖涛的《西部诗人昌耀研究》（2015年）。这部书我尚未看到，不过我不同意把昌耀界定为"西部诗人"，昌耀固然是个地方性鲜明的作家，但他的作品中还有时代特色，就像燎原先生刚才提到的，他的作品是对不同时代的紧密回应，二十世纪八十年代的理想主义，九十年代的市场经济，在他的作品中均有丰富体现。尤其是他堂·吉诃德式地筹款出诗集，如此等等，使他成为一个失败的当代英雄。这也是促成其作品崇高悲壮风格的原因。因此，昌耀至少是个中国诗人，把他说成"西部诗人"显然窄化了他的成就。建强兄告诉我，马钧先生已完成一部研究昌耀的专著《时间的雕像》。多年前，他来过常德，那时已打算为昌耀写专著。我还向他约过一篇稿子《"挽马徐行"的"少女"与诗骚遗韵》，发表在《武陵学刊》（2013年）上。

本次研讨会还有中国新诗评论的代表人物谢冕先生，著名诗人、评论家王家新老师，昌耀研究的早期主要评论家耿占春和敬文东老师。谢冕先生借闻一多的评论提出的地方色彩和时代精神为本次研讨会奠定了两个基本维度。耿占春是我的老师，当年我就是读了《失去象征的世界》才跟他读了博士的。在该书中，他评论了四位中国当代诗人，其中写得最好的是昌耀，即这次他提交的论文《作为自传的昌耀诗歌——抒情作品的社会学分析》。王家新老师在《生命的重写——昌耀与其"早期诗"，兼论"昌耀体"》中给出了"昌耀体"的命名，在本次研讨会中得到多次回应；经燎原先生证实，"昌耀体"系首次提出，堪称本次研讨会的标志性成果。此外，王家新老师还坚持昌耀的早期诗是"重写"，而不是"改写"，这也构成了本次研讨会的主要问题之一。昨天听了李曼的发言后，我就想是否可以编一部《昌耀作品版本汇编》，把昌耀所有修改过的作品的不同版本编成一个集子。但这只能解决部分作品的"改写"问题，而"重写"却需要敏锐的艺术眼光才能识别。

昌耀是个追求完美的诗人，他生前忍着病痛"钦定"了自己的作品总集，并表示不要把其他作品编入集子。但是对于研究者来说，总是掌握信息越多越好。如大家谈到的昌耀给 SY 的书信并非只有 21 封，这次研讨会召开之前，我和 SY 联系，她说还有一些书信没有公开。最近读了《转世的桃花——陈超评传》，发现霍俊明在书中引用了昌耀给陈超的一封信。此外，我这里还有昌耀给伊甸的八封信，也未收入《昌耀诗文总集》（增编版）。

尽管此前已有不少昌耀研究的成果，但如此大规模地集中讨论昌耀，这在国内还是第一次。后年是昌耀辞世20周年，希望到时候举办第二届昌耀研讨会。胡亮先生建议办个刊物，名字就叫《昌耀研究》，或许这需要成立昌耀研究会。刚才燎原先生说昌耀研究还存在着广阔的空间。希望更多人——尤其是高校的研究生——加入昌耀研究的行列，将昌耀研究推向新阶段。[1]

我早就想写一本讨论昌耀的书，但一直动力不足。去年上评论课时，我和学生多次集中探讨昌耀的代表作，并让学生做了录音整理，但仍无意写作。只是最近我意外入围昌耀诗歌奖的理论批评奖，才让我获得了动力，一鼓作气完成了此书。本书集中探讨了昌耀的诗艺，力图通过昌耀的诗歌代表作勾勒出他的自画像，并且尽量使他的自画像有肤色、形体、棱角、声音和气息。

我曾经编过两本昌耀诗选，也有意使这本书稿兼具诗选的功能，只是所选篇目要少得多，我的原则是凡细读篇目都附上作品，无论长短，以便于读者在手头没有昌耀诗选的情况下也能看到诗歌的全貌。引用文本未必都出自《昌耀诗文总集》，而

———————————

[1] 《昌耀诗歌讨论会发言实录选》，《桃花源》诗刊2019年第2期，第99页。

是采用该诗首次定稿的版本。需要说明的是，细读篇目主要是根据作品的艺术性确定的，同时围绕"自画像"这三个字展开。事实上，我有一个潜在的意图，就是使各章讨论的话题彼此勾连，浑然一体，都以呈现昌耀的自画像为中心。从 2004 年以来，昌耀逐渐走进我的生活，走进我的心中，就像一个时时陪伴我的朋友。这本书权当是我和他或他的作品交流的结果。但愿我写出的这个诗人大致与他对称。

感谢沉河兄对本书的大力支持！感谢王成晨的认真编辑！感谢燎原老师的荐语！在本书主体完稿后，昌耀研究中出现了把他界定为西部诗人的倾向，因此附录了一篇我的相关文章《昌耀的"西部诗"与"西部"时空体》，以期引发进一步的思考。

附录　昌耀的"西部诗"与"西部"时空体

昌耀生前就被称为"西部诗"的代表诗人,《西部诗人昌耀研究》应该就是基于这种说法展开的。将昌耀直接称为西部诗人固然突出了其地域性,却也有窄化他的嫌疑。尽管他是西部的移民,也是那里的定居民,正如他自己说的,"我这一生都注定是西部的部民(或西部族的族民)了"①。这种复合身份使他获得了外来者与定居者的双重目光,使他对那片长期生活的土地,有了更多的打量与发现。我不否认昌耀的诗歌具有鲜明的地域性,但他诗歌的地域性其实是具有特定时代精神的西部性,或者说他在诗中写的是当代的西部,是二十世纪下半期的西部。

我这样理解:"西部"不只是一种文学主题,更是一种文学气质、文学风格。而且,不能不强调"西部"的"当代"概念。

---

① 昌耀:《致李万庆》,见《昌耀诗文总集》,作家出版社 2010 年,第 773 页。

我所希望的"西部文学"自然首先是指植根于大西北山川风物及其独特历史、为一代胜利的开拓者乃至失败的开拓者图形塑像的开拓型当代文学。但为什么一定不是"乡土文学"？如果说后者意味着一种封闭型的创作路子，我宁可主张"西部文学"是文学的一种时代精神。它敏于对一切变革作出反应。它必然具有新的艺术眼光、新的审美形式，并相信能给予人以新的审美感受。它睥睨一切的虚假（最可憎莫过于感情的虚假）、凝滞、程式化……它的存在可为中国当代文学宏构增添姿态、锋芒、锐气。其所展示的魅力应是无可替代的……

我十九岁投身西北青海，于今将届半百，我于大西北的感情不谓不深厚，大西北加恩于我的尤其不可谓不深厚，但您所谓的"西部精神"是否与我前面提及的那种文学的"西部气质"相似呢？无论是"精神"也好，"气质"也好，"风格"也好，它总之只能是这块土地的色彩，这块土地上民族的文化……时代潮流……等等交相感应的产物，是浑然一体的。它源头古老，又是不断处于更新之中。它有勃勃生气。是的，当我触及"西部主题"时总是能感受到它的某种力度，觉出一种阳刚、阴柔相生的多色调的美，并且总觉得透出来一层或淡或浓的神秘——我以为在这些方面都可能寻找到"西部精神"的信息。①

---

① 昌耀：《答〈当代文艺思潮〉编辑部》，见《昌耀诗文总集》，作家出版社 2010 年，第 832-833 页。

这是昌耀回答《当代文艺思潮》编辑部的提问时对"西部文学"的基本美学特征做出的概括。昌耀的可贵之处在于他并不是把"西部文学"看成纯粹的地域性问题，而是把它和时代精神结合起来，把它视为一个"西部"时空体，以及由此生成的"开拓型当代文学"。因此，"西部文学"并非一成不变的，而是不断更新的，并非简单划一的，而是阴阳相生的，并非一目了然的，而是充满神秘的。

在"西部文学"的基础上，昌耀认为"西部诗""特指新时期以来形成的一部分西部诗人的具有相类西部文化心理结构及主题蕴含的诗作或部分诗作"。同时他依然把"西部诗"看成一个处于发展中的事物："我的看法是：即今当代意义的西部诗作为一种自觉的诗潮原已无可怀疑地存在并为国内诗坛关注。而作为与时代转型期同时到来的西部诗潮其实原是我国至今仍以多元格局并存的文学革新大潮的一部分，属于一个仍在发育、探索的过程。一如对朦胧诗的评价，人们对西部诗承认、贬褒与否都无妨事实上的存在。固然不一定留下了多么成功的流派范本，但整体的潮动却有可能成为这种铺垫。西部诗的定义也就在这一孜孜不息的追求过程之中包容了，确定而又不甚确定。"① 首先强调"西部诗"已经成为一种客观存在，又强调它不甚确定，这无疑是相当周全的看法。

大体而言，昌耀的诗歌有以地域景物为主的诗歌，有以地

① 昌耀：《西部诗的热门话》，见《昌耀诗文总集》，作家出版社2010年，第846、849页。

域景物为背景的诗歌。在我看来，昌耀那些以地域景物为背景的诗歌更有魅力，像《慈航》《雪。一个土伯特女人和他的男人及三个孩子之歌》中都有对当地景物的大量描写，这些景物既有当地的特色，也是人物活动的空间。在我的印象里，昌耀几乎没有一首纯粹的风景诗，而是充满明显的情感投射，像《激流》《雄风》这样的诗，仅从题目来看就能意识到它们是某种社会生活或英雄人格的隐喻。

一、《河床》：崇高山水中的崇高自我

河床

我从白头的巴颜喀拉走下。

白头的雪豹默默卧在鹰的城堡，目送我走向远方。

但我更是值得骄傲的一个。

我老远就听到了唐古特人的那些马车。

我轻轻地笑着，并不出声。

我让那些早早上路的马车沿着我的堤坡鱼贯而行。

那些马车响着刮木，像奏着迎神的喇叭，登上了我的
　　胸脯。轮子跳动在我鼓囊囊的肌块。

那些裹着冬装的唐古特车夫也伴着他们的辕马谨小慎
　　微地举步，随时准备拽紧握在他们手心的刹绳。

他们说我是巨人般躺倒的河床。

他们说我是巨人般屹立的河床。

是的，我从白头的巴颜喀拉走下。我是滋润的河床。
　我是枯干的河床。我是浩荡的河床。
我的令名如雷贯耳。

我坚实宽厚、壮阔。我是发育完备的雄性美。
我创造。我须臾不停地
向东方大海排泻我那不竭的精力。
我刺肤文身，让精心显示的那些图形可被仰观而不可
　近狎。
我喜欢向霜风透露我体魄之多毛。
我让万山洞开，好叫钟情的众水投入我博爱的襟怀。

我是父亲。
我爱听兀鹰长唳。他有少年的声带。他的目光有少女
　的媚眼。他的翼轮双展之舞可让血流沸腾。
我称誉在我隘口的深雪潜伏达旦的那个猎人。
也同等地欣赏那头三条腿的母狼。她在长夏的每一次
　黄昏都要从我的阴影跛向天边的彤云。
也永远怀念你们——消逝了的黄河象。

我在每一个瞬间都同时看到你们。
我在每一个瞬间都表现为大千众相。

我是屈曲的峰峦。是下陷的断层。是切开的地峡。

是眩晕的飓风。

是纵的河床。是横的河床。是总谱的主旋律。

我一身织锦，一身珠宝，一身黄金。

我张弛如弓。我拓荒千里。

我是时间，是古迹。是宇宙洪荒的一片腭骨化石。是
　始皇帝。

我是排列成阵的帆樯。是广场。是通都大邑。是展开
　的景观。是不可测度的深渊。

是结构力，是驰道。是不可克的球门。

我把龙的形象重新推上世界的前台。

而现在我仍转向你们白头的巴颜喀拉。——
你们的马车已满载昆山之玉，走向归程。
你们的麦种在农妇的胝掌准时地亮了。
你们的团圞月正从我的脐蒂升起。

我答应过你们，我说潮汛即刻到来，
而潮汛已经到来……
1984. 3. 22-4. 20[1]

———————

　　[1]　昌耀：《河床》，见《昌耀抒情诗集》，青海人民出版社1986年，
第152-154页。

《河床》是昌耀的代表作《青藏高原的形体》的第一首。该诗直接以"我"指代河床，采用河床自述的形式展开全诗。与其说该诗写的是河床，不如说写的是"我"。至少这已经不是单纯的情感投射所能解释的了，或许可以称为风景自我。也就是说，风景其实是"我"的面具。

而且，这首诗中的"我"是混杂性的，一会儿专指现实中的黄河河床，如"我从白头的巴颜喀拉走下。白头的雪豹默默卧在鹰的城堡，目送我走向远方"，一会儿又兼指或直接指向了自己：

> 我是发育完备的雄性美。
> 我创造。我须臾不停地
> 向东方大海排泻我那不竭的精力。
> 我刺肤文身，让精心显示的那些图形可被仰观而不可
> 　近狎。
> 我喜欢向霜风透露我体魄之多毛。

这些诗句其实已经脱离了河床及其物性，呈现的分明是一个男性自我，前面还有"鼓囊囊的肌块"，后面还有"我是父亲"，将河床与河床周遭的事物比作父子关系。然后又回归到河床自身，"我是屈曲的峰峦。是下陷的断层。是切开的地峡"，随后又试图关联众多的时间和空间，甚至关联城市，自然的异质物："我是排列成阵的帆樯。是广场。是通都大邑"，尤其是

关联"不可克的球门",体现出一种"始皇帝"般的专断意志。

在"他们说我是巨人般屹立的河床"中,又以他人叙述的口吻揭示河床的特点,这种视角转换意在相对客观地将河床与巨人等同起来,但其效果和语气肯定的自我标榜并无不同,都是在确证"我"是巨人般的存在。昌耀笔下的这种崇高山水其实是崇高自我的外化,是对"壮丽山水的博大抒情"(《雄风》),这个"我"并非单个的自我,似乎是改革开放初期奋发前进的中国人的群体自我,从这一点来说,"我"接近于《划啊,划啊,父亲们》(1981年)中的"父亲们",是所谓"新时期的船夫"。在早期诗歌《群山》(1957年)中,昌耀这样写山:

> 我怀疑:
>
> 这高原的群山莫不是被石化了的太古庞然巨兽?
>
> 当我穿越大山峡谷总希冀它们猝然复苏,
>
> 抬头啸然一声,随我对我们红色的生活
>
> 做一次惊愕的眺视①

一种不失复杂的变相浪漫主义手法,让群山复活只是为了惊讶于"我们红色的生活"的伟大,其颂歌倾向非常明显。这样的诗表面上体现的是地域性,其实体现了特定的时代精神:

---

① 昌耀:《群山》,见《昌耀诗文总集》,作家出版社2010年,第15页。

"我答应过你们，我说潮汛即刻到来，/而潮汛已经到来……"
"我"在这里扮演了一个雄辩的预言者的角色，表面上是代山水立言，其实是代时代立言。

同样是写黄河，《青藏高原的形体》组诗的第六首《寻找黄河正源卡日曲：铜色河》中用的代词是"我们"，复数的人，仍有一定的文化象征意味，体现出文化寻根意识。而且，这首诗的写作时间 1984 年 5 月到 7 月，比寻根文学的正式提出还早一些；这首诗基本上是把黄河作为一个相对客观的物来写的：

> 从碉房出发。沿着黄河
> 我们寻找铜色河。寻找卡日曲。寻找那条根。①

正如题目中显示的，卡日曲是黄河正源，本是藏语，意思是铜色河。本诗紧紧围绕"铜色"这个主要色彩特征对黄河河源展开描写，这是对物性的尊重。诗中同样营造出一种历史纵深感，写一代代人对河源的寻找。巧妙的是，作者把对河源的寻找通过色彩对人的染色完成了："铜色河边有美如铜色的肃穆""我们美似 20 世纪浇铸的青铜人"。

《黎明的高涯，有一驭夫朝向东方顶礼》（1984 年）本是昌耀为他的诗集《情感历程》写的序言，只是这本诗集并未出版，但它标志着昌耀诗风的转变，或者说是拓展深化。他从一个写

---

① 昌耀：《寻找黄河正源卡日曲：铜色河》，见《昌耀诗文总集》，作家出版社 2010 年，第 243 页。

作"一览无余的抒情独白"的少年歌者变成了时代造就的"驭夫"。"驭夫"是个古语，意思是车夫。由此可见，此时的昌耀已有古语倾向。所谓"朝向东方"，意味着要写出民族史诗。昌耀清醒地意识到他这时的诗"不仅是歌者本人心绪的反射，也是时代的某种折光"，"感情的色与块失去了先前的润泽，却显示了对比度、韧性与丰富之层次"。① 正是这种新形成的气质造就了昌耀诗歌的崇高风格，感情色块的对比度则造就了昌耀诗歌的雕塑性和立体感，由此促成了《青藏高原的形体》组诗的诞生。

昌耀曾谈到青藏高原对自己崇高诗风的促成作用："青海的大自然，青海壮美的山河，也给我的诗注入了一种阳刚之气，这对我的诗的风格的形成，都是至关重要的。我的中期、后期作品追求的阳刚之美较多。"② 昌耀在这里所说的"阳刚之美"其实包括崇高与悲壮两种不同的类型。其崇高诗主要与自然相关，悲壮诗则与人相关。其崇高诗歌代表作主要是《青藏高原的形体》，以及《牛王》等。

二、西部人物的写生者

在我看来，昌耀对西部诗的贡献除了山河地貌的景物描写

---

① 昌耀：《黎明的高涯，有一驭夫朝向东方顶礼》，见《昌耀诗文总集》，作家出版社 2010 年，第 230-231 页。

② 昌耀：《答记者张晓颖问》，见《昌耀诗文总集》，作家出版社 2010 年，第 713 页。

以外，还有以牛为主的动物描写，相对来说，他对西部人物与风俗的写生更值得重视。昌耀就像一个用词语绘画的画家，将他接触到的西部人物加以素描，为读者留下了一系列充满高原风情的人物画卷。

昌耀的西部写生诗主要集中在他创作的早期和中期，大概那时属于最初接触，因而印象深刻。《筏子客》应该是昌耀人物写生系列的第一首，该诗后面标注"1961年夏初写，1981.9.2重写"，昌耀修改作品后多用"删定"，有时也用"改定"，但标注"重写"的很少，说明此诗应该变动较大。这首诗的选材很有特色，并不集中写筏子客与激流搏斗的场景，而是从他的归途写起：

> 跋涉于归途，
> 忘却了鱼的飞翔，
> 　　水的凌厉。
> 与激流拼命周旋，
> 原是为的涯畔
> 那一扇窗口。那里
> 有一朵盛开的牡丹。①

这就揭示了筏子客在水上拼命是为了他心爱的那个人。可

---

①　昌耀：《筏子客》，见《昌耀诗文总集》，作家出版社2010年，第28页。

以说这首诗写得非常温馨，那个"托举着皮筏的男子走向山巅辉煌的小屋"分明是让"我"艳羡的。相比而言，《背水女》（1983 年）流露的则是同情的语调：

　　从黝黑的堤岸，
　　直达炊火流动的高路，
　　背水女们的长队列高路一样崎岖。
　　——自古就是如此啊！①

　　木驮桶，作黝黑的偶像，
　　高踞在少壮女子微微撅起的腰臀，
　　且以金泉水撩拨她们金子般的心怀。
　　——自古就是如此啊！

　　这两节诗先用远景呈现背水女的整体形象，"背水女们的长队列高路一样崎岖"，再用特写展示背水女的具体形象，"木驮桶……高踞在少壮女子微微撅起的腰臀"，刻画她们负重前行的状态，背着高高的木驮桶，腰臀微微撅起，分明在用力。"自古就是如此啊"，这个强烈抒情的句子把背水女这个群体推进历史深处，并在诗中出现了三次，构成了此诗的主旋律，表达了作者对她们——也许是母亲也许是妻子也许是女儿——不无赞美

---

　　① 昌耀：《背水女》，见《昌耀诗文总集》，作家出版社 2010 年，第 209 页。

的同情。

> 戈壁。九千里方圆内
>
> 仅有一个贩卖醉瓜的老头儿：
>
> 一辆篷车、
>
> 一柄弯刀、
>
> 一轮白日，
>
> 仁候在驼队窥望的烽火墩旁。[①]

在这首《戈壁纪事》（1982 年）中，九千里内只有一个人卖瓜的老头儿，人显得非常渺小，他头顶的篷车用于遮阳，弯刀用于切瓜，老头儿守在烽火墩旁，烽火墩就是古代的烽火台，这个词似乎更增加了炎热感。相对来说，驼队还有些活气，在朝篷车下的醉瓜窥望，一种渴意油然而生。昌耀在诗中多次写到骆驼，一种典型的西部动物："我太记得那些个雄视阔步的骆驼了，/哨望在客栈低矮的门楼，/时而反刍着吞自万里边关的风尘。"[②] 想必这首《戈壁纪事》中的骆驼们也在干渴中反刍。整首诗体现的是典型的西北景观：地广人稀，天气炎热，空气寂静，生灵干渴。这些作品虽然称不上昌耀的代表作，但确实富于地域特色。

[①] 昌耀：《戈壁记事》，见《昌耀诗文总集》，作家出版社 2010 年，第 188 页。

[②] 昌耀：《丹噶尔》，见《昌耀诗文总集》，作家出版社 2010 年，第 159 页。

昌耀的西部人物写生系列的代表作是《内陆高迥》中的旅行者和《峨日朵雪峰之侧》中的登山者，这两个人物形象堪称经典。此外便是《慈航》中的高原牧人群像。《慈航》的伟大在于它不只是诗人的自传，而是把自己放在高原景物、动物和人物当中加以刻画。这样既刻画了高原环境——诗人的精神家园，又体现了高原牧人对诗人的拯救，也刻画了高原牧人的群体形象，可以说异常真实立体丰满：

> 那些占有马背的人，
>
> 那些敬畏鱼虫的人.
>
> 那些酷爱酒瓶的人。
>
> 那些围着篝火群舞的，
>
> 那些卵育了草原、耕作牧歌的，
>
>   猛兽的征服者，
>
>   飞禽的施主，
>
>   炊烟的鉴赏家，
>
>   大自然宠幸的自由民，
>
> 是我追随的偶像。①

  这是对高原牧人的勾勒，由此可见，高原牧人就是与马、酒、篝火、草原、动物以及自由具有密切关系的人。下面是对

---

  ① 昌耀：《慈航》，见《昌耀诗文总集》，作家出版社 2010 年，第110 页。

他们的具体描写：

牧人走了，拆去帐幕，

将灶群寄存给疲惫了的牧场。

那粪火的青烟似乎还在召唤发酵罐中的

曲香，和兽皮褥垫下肢体的烘热。

在外人不易知晓的河谷，

已支起了牧人的夏宫，

土伯特人卷发的婴儿好似袋鼠

从母亲的袍襟探出头来，

诧异眼前刚刚组合的村落。

……高山大谷里这些乐天的子民

护佑着那异方的来客，

以他们固有的旷达

决不屈就于那些强加的忧患

和令人气闷的荣辱。

……沿着河边

无声的栅栏——

九十九头牦牛以精确的等距

缓步横贯茸茸的山阜，

如同一列游走的

埌堡。

灶膛还醒着。
火光撩逗下的肉体
无须在梦中羞闭自己的贝壳。
这些高度完美的艺术品
正像他们无羁的灵魂一样裸露
承受着夜的抚慰。①

　　就此而言，《慈航》也是一首献给西部高原牧人的颂歌。这些诗句将牧人迁徙流动的生活方式与热爱自由的精神品格书写得异常真切，因为诗人曾长期生活在他们中间，接受过他们的"护佑"，诗中"远方的来客"就是诗人的自指。特别精彩的是诗中把牧人与牦牛这种极具西部特色的动物放在一起来写，这些牦牛如同牧人的卫兵，它们高大的身影随时出现在牧人身边，步伐稳健，步距精确，如同"一列游走的埌堡"，"埌堡"一般写作"堡埌"，意思是碉堡。更精彩的是它们"缓步横贯茸茸的山阜"，"茸茸"把山上的草木都写出来了，可谓精细之极。而这时候，牧人们正在火光中尽情地欢爱。诗人把他们的肉体比喻成"高度完美的艺术品"，说她们"无须在梦中羞闭自己的贝壳"，这样的句子呈现了她们裸露在外的不羁灵魂。不得不说，

------

　　① 昌耀：《慈航》，见《昌耀诗文总集》，作家出版社2010年，第115-117页。

昌耀在二十世纪八十年代初写出这样的句子是相当先锋的，但是写得确实很美，而且不这样写就不能表现牧人的自由精神。除了这首诗，昌耀在其他诗中也多次写到人和动物的性器官。昌耀这样写身体应该是受了惠特曼的影响。他在给玲君的信（1991年）里说："诗人之赞美人体也许首推惠特曼？……惠特曼歌颂的人体可以看作是具有生命力、性力、完美的大自然本身，并从这里体现出他的民主精神。"又说："惠特曼之后颂扬人体的诗人尚有聂鲁达、劳伦斯、埃利蒂斯、桑戈尔等许多，然而没有一个具为有惠特曼所表现的整体气象中的优美、深刻、繁复或磅礴之势，仿佛惠特曼将该写的一切全数写尽了。"① 同时，昌耀这样写身体也有他成熟的思考："而道学家以阳痿为美，以被阉割为高雅，以裸而健的人体（敏感到包括象征义的兽体）为罪恶，以情欲为龌龊，以病态的心态为荣，由此而生的道德之争迄无休止。"② 尽管道德是个有争议的问题，但昌耀显然反对道学家的态度，可以说是昌耀的道德观决定了他的艺术观，或者说是昌耀的道德观支配了他的艺术表达，这不是一个单纯的技巧问题。

在组诗《青藏高原的形体》中，写景物的其实只有第一首和第六首，其他诗写的主要是青藏高原上的人。如第四首《阳光下的路》写的是高原的建设者。该诗切入的角度极其新颖，

---

① 昌耀：《致玲君》，见《昌耀诗文总集》，作家出版社2010年，第764-765页。

② 昌耀：《诗的礼赞》，见《昌耀诗文总集》，作家出版社2010年，第366页。

作者写的貌似是建设的后方，其实也是建设的一部分，因为建设的战线拉得很长。诗的开篇是一个司机和妻子告别的场景：

> 妻子的笑容透明如蜻蜓的薄翼。
> 再一次，他检视轮胎、防滑链、工具箱、面粉……和
> 　　氧气瓶
> 他说：封雪融解了……那里正在修造一座桥。
> 他擦一擦手，启动这荒古之马。
> 他回身向妻子颔首微笑。
> 他去了，追随自己的车队，向着高山之区，向着冰的
> 　　巨型金字塔所立起的那片绝域
> 一去就是一百二十天。①

　　这场告别里只有一句话、两处笑。一句话是司机向他妻子交代工作的，就是去"修造一座桥"，两处笑分别是妻子的笑容与"他"的颔首微笑。作者以"他"写司机，采用的是第三人称叙事。妻子的笑容意在表示她对丈夫工作的支持，司机的笑意在让妻子放心。然而放心是难的，不是因为"一去就是一百二十天"，而是因为她丈夫并非平地开车，而是"向着高山之区，向着冰的巨型金字塔所立起的那片绝域"。山高路陡，又有冰雪，这就意味着是非常危险的。"金字塔"这个比喻很有深

---

① 昌耀：《阳光下的路》，见《昌耀诗文总集》，作家出版社 2010年，第 239 页。

意，一方面显示了路的陡峭，另一方面暗示了死亡，因为金字塔其实就是坟墓。在"他"再一次检视的事物中，氧气瓶是应付高原反应的，防滑链是应付冰雪的。接下来便是对"他"一路往冰雪覆盖的高山之区开车的描述。其中最精彩的是一句是"他似在漂流而去。/他穿过时光的孔隙，向上，向上，向上……/像一条被窒息的鱼。"这一句把空间与时间结合了起来，"向上"是方向感，非常清楚。为什么是"穿过时光的孔隙"呢？"孔隙"显示了司机的呼吸困难，"时光"意味着把空间转换成了时间，表明司机每往前开一点就意味着多活一秒钟。这就非常形象地把在高原开车的情景描写了出来。随后是两个声音的较量：

> 好像听到了《雷和火进行曲》《婚礼进行曲》……
> 《加冕进行曲》……
> 好像听到了《庆典进行曲》《威风堂堂进行曲》……
> 好像听到引擎在嘶喊："我们本不必去！"①

在这三个以"好像听到"引起的排比句中，前两句与后一句形成了张力。前两句中列举了许多进行曲作品的名字，以此显示司机一路快速前行的情景；而引擎的嘶喊则体现了一种退缩的力量，它同样是真实的，是司机内心的真实反映。之所以

① 昌耀：《阳光下的路》，见《昌耀诗文总集》，作家出版社 2010 年，第 239-240 页。

用"好像听到"而不是听到或确切听到，是因为"好像听到"能更准确地体现司机当时既兴奋又紧张的心态。随后"他"便遇到了来自"前线"的殉职者：

> 而从雪白的曙光里向他漂来了第一批长眠者：
> ——三个殉职者——司机——壮夫……
> ……三个同志无病而亡。
> 他目送长眠者如大江下行的三木筏，如三岛屿……肃
> 　然远去……①

但"他"仍"向着冰的巨型金字塔全速前进"，因为"他说：那里正在修造一座桥"。这个贯穿全诗的句子体现的既是召唤又是使命。应该说这是一个关于建设者的感人叙事，其感人主要生成于高原的特殊地域背景上，在路难行与勇于行之间，在生死之间，这首诗充满了悲壮的色彩。此外，《圣迹》写了高原人群像，将"他们"称为"朝圣者"，可以视为《慈航》中对高原人的续写。《她站在剧院临街的前庭》则写了一个女巨人：

> 我看到你的前额比聚光镜更为明亮。比崖石反射的河
> 　光更为明亮。比佛的金顶更为明亮。

---

① 昌耀：《阳光下的路》，见《昌耀诗文总集》，作家出版社 2010年，第 240 页。

你高高的鼻梁像是深渊底边的一座断桥。

你的前胸是大地构造的一处褶皱。

你壮实的肢体本身就是一幢动人心魄的建筑，而你的
　　门墙为五彩吉祥的堆绣所雕饰。

我看到你的婴孩赤条条地伫立于你的胯间对着在瑞雪
　　上缓缓穿行的汽车群吹弄一弯如月的口琴……①

　　这样的女巨人大概只有青藏高原才能孕育出来。常言说
"一方水土养一方人"，人是土地的产物。昌耀诗中的这些人物
无不具有鲜明的地域特色，可以说是从那片土地中长出来的，
因而也是从属于那片土地的。

三、西部城市里的平民诗人

　　除了对自然景物与人物风俗的描写以外，昌耀还是一个出
色的城市诗人。尽管现代城市已经不是地域性的标志物，但仍
伴随着一定的地域性。如《边关：24 部灯》显然不同于内地城
市，他的《建筑》《轨道》《城市》都是描绘城市建设的诗歌，
就此而言，昌耀城市诗的时代性超过了地域性，呈现出 20 世纪
80 年代中国西部城市建设的生动图景。其中《城市》（1981 年）
以 "颤动" 结构全诗，颤动既是城市的基本存在方式，也从句

---

① 　昌耀：《她站在剧院临街的前庭》，见《昌耀诗文总集》，作家
出版社 2010 年，第 237 页。

法上形成了一种反复的效果：

> 新的城市是昂奋的。
>
> 昂奋中，它的
>
> 被机械摩擦得呻唤的体积在颤动。
>
> 它的云层和电磁波在颤动。
>
> 它的日渐扩大的垃圾停放场在颤动。……①

《建筑》（1982年）也很有特色，诗中将城市建设的声音转换成啄木鸟与纺织娘发出的声音，把它们自然化、韵律化了，这无疑体现了诗人对城市建设的赞美：

> 但我最是记得匠人的刨具和斧斤。
>
> 最是记得他们铁的啄木鸟和木的纺织娘
>
> 带着林中五月的温湿
>
> 共奏的——
>
> 那支建筑之歌②

值得注意的是，昌耀有一首接近宣言性质的欢快诗歌《头戴便帽从城市到城市的造访》，这首诗将便帽与城市组合在一

---

① 昌耀：《城市》，见《昌耀诗文总集》，作家出版社2010年，第170-171页。

② 昌耀：《建筑》，见《昌耀诗文总集》，作家出版社2010年，第166页。

起，便帽是一种朴素之物，在快速发展的城市中已显得不合时宜，甚至可以说有些落伍，"他们不喜欢我的便帽"，这让诗人猜想"这定然是一座歧视帽子的城市"，因此后来在参加活动前他特意咨询别人对他戴便帽的态度："我探询主人会不会因为我的便帽而觉遗憾。/他全无保留地赞美我的便帽并称誉我狂放的/发式和胡须。"据昌耀给冰夫的信（1991 年 8 月 2 日），这位主人就是黎焕颐："去年在黎焕颐兄处我们曾一同聚会……我说的是与你、宫玺、几个老外邂逅一室，谈希克梅特。回到西宁后我写过一首较长的诗《头戴便帽从城市到城市的旅行》，记述了这次会见……"① 只不过后来他把题目中的后两个字改成了"造访"。

昌耀就这样秉持平民立场，以他尊敬的诗人前辈希克梅特为榜样，坚持戴着便帽在城市之间穿行。昌耀以"铲形"修饰便帽，将自身的穿戴跟劳动工具联系在一起，表明他仍以无产阶级主人翁以及城市的主人自居。就此而言，他头戴便帽就是向城市宣告自身的平民形象，这并不同于另一位帽子诗人顾城，顾城的帽子体现的其实是他畏触别人的一种方式。《头戴便帽从城市到城市的造访》其实是一首转折之诗，其中充满了小小的冲突与喜剧性效果，也不乏自信的辩解与尴尬的沉默，可谓亦庄亦谐：

---

① 昌耀：《致冰夫》，见《新诗评论》2020 年第 24 辑，北京大学出版社 2021 年，第 372 页。

从城市到城市

我坚持以我铲形的便帽向着沿途的城市辞别。

除此而外还能以何物展示我们高贵的平民精神？

昌耀曾向朋友自剖："我不大喜爱讽刺肯定是气质造就——
不善'解剖'。再者，我独爱正面迎取生活而不习于从旁'敲
击'。另一定见是：讽刺佳品最不易得。您或视此为托词？其实
我是推崇幽默。我以为幽默的极致必是人性自嘲。那样的幽默
必是一种自如状态，一种美善境界，一种韧的生命力。而况人
生古往今来都有如此负重，幽默的选择其实也为智性所必须。
不过，人类命运给予我人格的铸造，几已先天地让我成了一个
悲观派，估计终究还是不会修炼得更为幽默一些。"① 昌耀这个
分析是准确的，悲观负重的人生使他远离了幽默，纵观昌耀的
一生，只有在和 SY 交流的早期流露出较多的幽默感，大概那是
爱的力量使然。而这首《头戴便帽从城市到城市的造访》之所
以流露出幽默感，和他在诗歌界被认可有关，可以说是他春风
得意时的产物："另一首《头戴便帽……》自然更贴近当前现
实，我企图写出个人对理想的一贯向往，或也流露出一丝幽默，
但也不无自嘲。我这样表白自己的作品，你会不觉得是自我炫
示而反感呢？我意仅在，近期我不可能写出更为称善的诗作了，

---

① 昌耀：《致非马》，见《昌耀诗文总集》，作家出版社 2010 年，
第 772-773 页。

我希望得到《诗刊》同仁的理解。"① 这是昌耀在向《诗刊》编辑雷霆投稿时的荐语。从根本上说,昌耀看重这首诗,不是因为它的艺术性,而是因为这首诗写出了他的便帽情结。

不过,昌耀此后便越来越意识到他与城市的不谐。1989 年底他写了《远离城市》。离婚后他失去了房子,住在办公室,成了大街看守、城市的边缘人、田野的常客,他后期写爱情的作品主要是在田野中展开的,像《傍晚。篁与我》《在一条大河的支流入口处》都是如此。

总之,昌耀诗歌具有鲜明的地域性,但又不局限于地域性。他的诗歌描绘的是处于特定时代背景中的"西部"时空体,在他的诗歌里,西部地貌与西部人物浑然一体、西部历史与中国当代相互渗透,因此,纯粹谈论昌耀诗歌的地域性却不结合那片土地上的人及其所处的时代并不能真正把握昌耀诗歌的精髓,只有通过"西部"时空体才能完整地把握其中丰富的人物形象与博大深厚的思想意蕴。

---

① 姜红伟:《从一封半到十四封》,见《收获》2019 年第 3 期。

图书在版编目（CIP）数据

昌耀诗艺研究 / 肖学周著. -- 武汉：长江文艺出
版社，2023.12
ISBN 978-7-5702-3285-7

Ⅰ. ①昌… Ⅱ. ①肖… Ⅲ. ①昌耀（1936-2000）—
诗歌研究 Ⅳ. ①I207.22

中国国家版本馆 CIP 数据核字(2023)第 139572 号

昌耀诗艺研究

CHANGYAO SHIYI YANJIU

责任编辑：王成晨　　　　　　　　责任校对：毛季慧
封面设计：祁泽娟　　　　　　　　责任印制：邱　莉　　王光兴

出版：长江出版传媒　长江文艺出版社
地址：武汉市雄楚大街 268 号　　　邮编：430070
发行：长江文艺出版社
http://www.cjlap.com
印刷：湖北新华印务有限公司

开本：880 毫米×1230 毫米　　1/32　　印张：7.25
版次：2023 年 12 月第 1 版　　　2023 年 12 月第 1 次印刷
字数：142 千字

定价：58.00 元